D1336637

Het leven komt later

STICHTING NEDERLANDSE
KINDERJURY
2002

Marika Kolterjahn
Het leven komt later
© Text: 1999 Marika Kolterjahn
First published by Rabén & Sjögren Bokförlag, Sweden in 1999
© 2001 Uitgeverij Clavis, Amsterdam - Hasselt
Vertaald uit het Zweeds door Axel Vandevenne
Oorspronkelijke titel : i väntan på liv
Omslagillustratie & wikkel: Chantal De Graeve
Trefw.: homoseksualiteit, lesbienne, psychologisch, vriendschap
NUGI 222
ISBN 90 6822 859 5- D/2001/4124/071

Marika Kolterjahn

Het leven komt later

Uitgeverij Clavis, Amsterdam - Hasselt

1

Het is winter. De zon zwoegt zich tot op ooghoogte, geeft het op en zinkt terug.

Ik loop recht op de zon af. Het is midden op de dag. Zij schijnt recht in mijn ogen. Ik voel me blind. De mensen die me tegemoet komen, zijn zwarte silhouetten en het enige wat ik duidelijk kan zien, is de grond vlak voor mijn voeten. Grijze stoeptegels met gouden zon. De winter staat strak in mijn gezicht en ik werk me vooruit, mijn blik op mijn voeten. Grote zwarte gestalten vloeien haast ongemerkt langs me heen.

Ik kom uit school, loop terug naar huis. Als ik de bus neem en alles komt geluidloos achter glas voorbij, sla ik aan het dromen. Ik zou mijn mond willen opendoen. Ik zou nu tegen mezelf willen praten. Ik probeer het te laten, maar soms mompel ik voor ik het merk. Ik vind het fijn om me uit ruimte en tijd terug te trekken. Om de wereld buiten me te houden. Dan word ik weer wie ik op mijn tiende was. Dezelfde als altijd. Ik kijk niet naar de mensen die de bus opstappen en aan me voorbij lopen. Ik wil bij mezelf zijn.

Straks ben ik thuis. Ik zal het hele eind vanaf de halte rennen. Nee, toch niet, ik ben te oud om te rennen. Ik loop.

Weer thuis ga ik veilig achter mijn vergrendelde deur aan mijn schrijftafel zitten, voor mijn dagboek. Hier in mijn besloten wereld. Ik blader tot ik een leeg blad vind en schrijf alle gedachten, alle gevoelens op, die uit me stromen. Dan laat ik los. Ik schuif school opzij en haal een cd boven. De muziek legt zich in windsels om mijn hersenen en al mijn gedachten lossen op. Wat een heerlijk gevoel.

Toch zit op een plekje nog onrust. Mama en papa komen straks thuis. Naar mij, die alleen wil zijn.

2

Ik heet Marta en ik ben zestien. Ik woon bij mijn ouders, op hun flat, op mijn kleine plekje. Mijn kamer met roze behang. Mijn witte bed. Mijn boekenkast. Mijn boekenkast met alle wonderlijke werelden die ik heb bezocht. Maar Marta zit gevangen in het nu. In de werkelijkheid. In een tienerlijf dat er me hetzelfde laat uitzien als mijn leeftijdsgenoten, maar dat niet past bij wie ik ben. Ik ben niet zoals zij. Ik ben anders. Ik weet dat ik niet ben zoals jij.

Ik wil me niet belangrijker voordoen. Het liefste zou ik erbij willen horen. Maar dat kan ik niet. Soms zijn ze zo vreselijk kinderachtig, en ik ben zo stijf.

Zoals Jenny en Emma die twee jongens, een vriendenstel, hebben uitgekozen om elk, oh zo gemakkelijk, elk op een ander verliefd te worden. Elke dag is het op school een gegiechel en geklets en gekakel over die knullen. Of zoals Frida of Anette die elke maandag lachend met elkaar bespreken hoe dronken ze vrijdag zijn geweest en hoe dwaas degene die het meest naar binnen heeft gegoten, zich wel heeft aangesteld.

Ik hoor niet bij hen. Ze sluiten me niet buiten. Ze zijn aardig en doen nooit rot, maar ik hoor er niet bij. Ik zit bij hen en luister naar hen en soms zeg ik wat. Soms sta ik zelfs in het middelpunt. Maar vaak zit ik voor me uit te staren en voel ik me haast autistisch. Opgesloten in mezelf. En ze merken niets.

Ik voel me zo teleurgesteld. Omdat ze me niet begrijpen.

Omdat ze me niet echt lijken te zien, dat ze niet zien hoe ik ben.

Dus zit ik bijna elke middag thuis voor mijn dagboek en schrijf alles op wat ik niet vertellen kan. Ik wou dat ik een echt goede vriendin had, iemand die op me leek. Er moet op deze aarde toch nog wel iemand zijn als ik? Ik verlang toch zo naar later. De tijd waarin ik alles zal hebben wat ik nu mis. Ik hoop het zo intens. Ik ben bang dat ze absurd is, mijn hoop, dat er niets van zal komen. Maar het enige wat ik echt wil, is iemand om van te houden, die van mij houdt. Verder is er niets belangrijk, ik kan best zonder al de rest.

3

Het grootste deel van mijn tijd zit ik, als ik niet slaap, op school. Ik moet erheen, dag na dag, jaar na jaar. Ik moet, moet gewoon. Maar dat is best. Het is tenslotte wel fijn om ergens heen te kunnen. En het gaat nu al veel beter. Nu is er een groepje waar ik tijdens de pauze bij kan. Meestal zijn het Jenny, Emma en Helene en ik. Jenny en Emma praten meestal met elkaar. Ik zeg het meest tegen Helene. Helene is precies zo lang als ik, maar ze is mooi en donker. Haar haar en haar ogen zijn donkerbruin. Ik daarentegen zie ziekelijk bleek. Zij is er zo eentje waar alle jongens naar kijken, en haar gedrag tegenover hen is heel natuurlijk, opgewekt en ongedwongen. Ze hoeft zich niet aan te stellen, ze weet wat ze waard is. En ze heeft een vriendje. Op school praat ik met Helene en ook een beetje met Jenny en Emma, en het geeft een fijn gevoel dat ze er zijn, ook al ken ik ze eigenlijk niet zo goed.

Als de school uitgaat, sta ik voor mijn kluisje te denken, zonder ergens uit te komen. Helene staat een paar kluisjes verder te praten, ze maakt grapjes. Ik lach, maar vind dat ik te stil ben. Ik rommel tussen mijn boeken, maar kan maar niet besluiten wat voor werk ik naar huis meeneem.

"Ik ga even de stad in. Kom je mee?" vraagt Helene.

Ik kijk haar aan om te zien of het een grap is. Ik ben verbluft. We hebben na school nooit eerder samen iets gedaan.

"Ja, graag," zeg ik.

Ik ben zo blij. Om zo een prul. Zo ongelofelijk blij. En we vertrekken. Zij praat, maar als ik moet antwoorden, komt er niet veel uit. Soms heb ik gewoon geen woorden genoeg. Ik weet niet wat ik moet zeggen. Ik kan haar tempo niet volgen. Ze praat en praat maar, en mijn gedachten kunnen het niet volgen.

Het is rustig in de stad. Het zonnetje schijnt. Geen grote drukte. We kijken overal naar de kleren, maar we kopen niets. Mijn winterjas lijkt groot en warm als ik de winkels binnenga.

"Drinken we iets?" vraagt Helene. Klinkt goed, vind ik.

Het wordt de cafetaria van het warenhuis.

Ik voel me zo sociaal. Hier zit ik iets met een vriendin te drinken. Dat is al lang geleden. Ik val over haar heen, wil haar echt leren kennen. Ik vraag naar haar vriend. Ze vertelt me wie het is, hoe ze elkaar hebben leren kennen, ze beschrijft al zijn persoonlijke trekjes en ze lacht. Ik lach ook en vraag of ze later met hem gaat trouwen.

"Nee," zegt ze. "Zeker niet met Hans."

Ik begrijp het niet. Waarom ben je met iemand samen, als je niet wilt dat het blijft duren?

"Het is nog te vroeg om daaraan te denken," zegt Helene.

"Dat doe ik juist altijd. Voor mij is het altijd direct voor het hele leven."

"Klinkt vermoeiend. Je hebt nu gewoon nog geen goed overzicht," lacht ze.

Ik moet lachen om mezelf. Misschien is het wel absurd, zoals ik denk.

"Maar vertel eens, heb jij iemand?" vraagt ze.

Ik zou door de grond willen zinken. Ik vroeg niet naar

haar vriend om de vraag terug te krijgen. Ik schaam me als ik moet antwoorden: "Nee."

Afgelopen. Ze vraagt niet door. Ik klonk zo kort, de sfeer werd zo gespannen. Maar haar afschrikken is het laatste wat ik wil. Ik betrap mezelf erop dat ik wegkijk, afwijzend. Ik doe mijn best om mijn gezicht weer naar haar toe te keren, te lachen. Ik wil iets grappigs vertellen. De bedrukte stemming weg lachen. En ze lacht zacht, alsof haar niets is opgevallen. En ze haalt nu herinneringen op. Aarzelend kom ik naar deze wereld terug, voel me veiliger. Ik voel vriendschap tussen ons. Het is niet erg dat ik af en toe stil ben. We kunnen samen stil zijn.

Weer thuis schrijf ik lang in mijn dagboek. Ik schrijf over verandering. Ik voel vreugde binnenin me. Helene is vandaag belangrijker voor me geworden. Ik weet niet of we nu echt op elkaar lijken, maar ik denk dat ze me leuk vindt. Dat lijkt wel zo. Dat ze mij liever heeft dan anderen. En ik vind haar meteen ook veel leuker terug. Ik word zo door mijn gedachten meegesleept dat mijn hoofd bijna barst en ik raak bijna niet in slaap.

4

Alles kan zo snel veranderen. Vroeger haatte ik de school en nu lijkt het bijna of ik ervoor leef. Dat ik ervoor leef, is misschien wat veel gezegd, maar thuis heb ik bijna geen leven, in elk geval geen leven waarin iets gebeurt. Voorzover ik leef, doe ik dat op school. Ook al zou het wat meer mogen zijn.

Ik ben van de bushalte naar school gelopen. In het schoolgebouw verdringen zich zoveel mensen dat ik er moeilijk door kom. De massa dwingt me om uit mijn slaap te ontwaken. Ik liep de hele weg hiernaartoe te dromen. Mijn ogen vallen dicht, maar ik moet wakker worden en alle mensen van overdag aankijken.

Ik loop naar mijn kluisje en haal er mijn tas uit. Helene haalt haar boeken uit het hare. Ik spreek haar aan. Vraag hoe het gaat. Ze maakt zich zorgen. Ik zie het. Ze zegt dat ze zich niet op haar gemak voelt. Ik luister en denk meelevende gedachten. Geef haar gelijk, probeer haar op te vrolijken.

We gaan naar de les. Helene en ik zitten naast elkaar. Ze buigt zich voorover, over de bank. Haar haar vloeit uit over het tafelblad. Bruin, glanzend haar op een grijs, glanzend tafelblad. Ze praat tegen me, zacht. Ik ben blij dat ze me in vertrouwen neemt. Ze praat over wat er mis gaat met haar vriend. Ruzies, hatelijkheden. En toch zegt ze dat het fijn is met hun tweeën. Ik weet niet of ik kan zeggen wat ik denk, maar ik probeer het wel: "Is het dan zo'n succes, samenzijn wanneer je niet met elkaar kunt praten?"

Ze wordt niet boos en ze is ook niet ontdaan. "Nee, geen groot succes. Maar ik weet niet of..."

Ze houdt zich in, want de leraar komt binnen en het geroezemoes van de klas verstomt. Wat wilde ze zeggen? Wil ze het niet uitmaken? Ik erger me. Waar klampt ze zich überhaupt zo stevig aan vast? Maar dit soort gedachten durf ik niet uit te spreken. Ik durf niet tegen haar in te gaan.

Tijdens de middagpauze lopen we naar de cafetaria. Zij haalt koffie, ik niets. We gaan aan een tafel zitten waar al een paar jongens van onze klas plaats hebben genomen. Ze hebben een duidelijk effect op haar en op mij. Zij wordt spraakzaam en ik stil. Ik volg hun gesprek, hun grapjes en ik lach met hen mee, maar ik vind de kracht niet me met woorden in het gesprek te dringen. Het zou betekenen dat ik mijn stem verhef en me een ogenblik tot middelpunt van de kring maak, zodat ze naar me kijken en naar me luisteren. Het lijkt onmogelijk. Voor Helene lijkt het een fluitje van een cent. Als ze met hen praat, kijkt ze bijna nooit mijn richting uit. En zij kijken niet langer naar mij, als ze merken dat ik nooit wat zeg. Het begin van een gruwelijk gevoel. Ik krijg geen contact. Ik word buitengesloten. Ik zit als een onderontwikkelde naast hun gesprek. Ik wil wegrennen, maar ik kan het niet. Want dat zouden ze vreemd vinden.

Ik sluit me in mezelf op. Hou op met kijken en luisteren. Ik ga mijn gedachten in. Ik word boos op mezelf omdat ik me een idioot voel. Omdat ik mezelf tot idioot maak. Omdat ik er door mijn gedrag voor zorg dat ik buiten de kring terechtkom.

13

5

De midwintermiddag hult de zon in grijs. Op de grond geen spoor van de zon. Geen heldere plekken, vlekken, vonkjes. Grijs. Ik ben op weg naar Helene thuis. Ze verwacht me. Met thee en beschuit. Ik ben nog nooit bij haar thuis geweest.

Ze doet voor me open, schenkt me een brede glimlach en stapt opzij zodat ik naar binnen kan. Ik kijk binnen in een oud, donker huis. Oude, donkere meubels. Platgelopen vloerkleden, zuchtende hoeken die heel andere mensen voorbij hebben zien komen, lang voor de tijd van zij die hier nu wonen. En er lijkt sindsdien niet veel veranderd. Helene past hier niet, absoluut niet. Ik vraag me af of haar ouders eeuwenoud zijn. Ze zijn er niet, dus ik krijg ze niet te zien.

In de keuken staan de thee en beschuiten. We gaan zitten om ze naar binnen te schrokken, met boter en marmelade. Ik was zenuwachtig toen ik hierheen kwam, maar nu ontspan ik. Helene laat foto's zien van haar vriend, haar vrienden, haar neven en nichten, haar ouders. Ze heeft geen broers of zussen, precies zoals ik. Hier praten we over andere dingen dan anders. Niet zoveel over school en leraren. Ik kijk door het raam en zie de hemel blauw verkleuren. Het grijs trekt hier en daar op en verdwijnt. Het wordt lichter.

Helene is vandaag ongewoon opgewekt. We spelen kaart, doen druk met elkaar, ze brengt me aan het lachen.

Ze kan soms streng zijn. Zo streng als het huis waarin ze woont. Maar meestal is ze zich heel erg van zichzelf bewust, waardig, zeker, met de glimlach. Helemaal niet als het huis.

Ineens is het buiten al donker en ik ga naar huis. Het vriest. Het weer is helder en koud. Ik vind het heerlijk om onder de hemel in het duister te lopen. Weer thuis loop ik naar mijn kamer, ga op mijn bed liggen en begin te lezen.

6

Kerstmis komt als een onwerkelijke onderbreking in mijn leven. Ineens zit ik thuis vast, te midden van de rode kerstversiering die rondhangt in de flat. Kerstmis is een hele bedoening. Mama, die alles heel ernstig opvat, vindt het allemaal zo belangrijk. Zij is verantwoordelijk voor het eten en ja, ze vindt het wel leuk, maar ze is zenuwachtig en gestresst. Er komt familie. Een tante, grootmoeder, oma's zus en een jeugdvriend van mama. Papa houdt zich met hen bezig en laat zich voor de rest niet opjagen. Hij maakt zich niet dik. De familie vult elk hoekje en ik moet in de keuken slapen. Twee, drie dagen lang geen moment voor mij alleen. Dan gaan ze naar huis. Daarna nog twee en een halve week thuis. Ik mis de school. Niet één keer deze kerstvakantie praat ik met Helene. Raar. Maar zij belt niet, en ik bel niet. Ik wacht op haar. Misschien wacht zij op mij, maar waarschijnlijk is ze de hele tijd door bezet. Ze viert met oudejaarsavond vast feest met haar vriend. Ik zit thuis op de bank met papa en mama naar de televisie te kijken. Als ze naar bed zijn en ik weer in mijn kamer ben, gooi ik me op mijn bed en wil in mijn kussen huilen, maar zelfs één traan lukt nog niet.

7

Nu, aan het begin van het tweede semester, voel ik me blij en vol verwachting. Dom. Maar ik heb Helene zo lang niet gezien. Dat geeft een vreemd gevoel, en nu ineens zullen we elkaar elke dag weer ontmoeten.

Helene staat te praten met een meisje dat ik nooit eerder heb gezien. Het meisje ziet er gevaarlijk uit. Ik mijd ze.

Tijdens het eerste lesuur komt Helene naast me zitten en het nieuwe meisje pakt een plaats vóór ons. Ze draait zich om om met Helene te praten. Ik weet niet wat ik moet zeggen, of ik hoe dan ook word verondersteld iets te zeggen. Maar ik begrijp dat ze nieuw is in de klas en dat ik dit maar voor lief moet nemen. Ze kent Helene nog van vroeger. Het lijken goeie vriendinnen.

Ja, ze zijn de hele dag, de hele week samen en zo blijft het. Ik kan niet bij ze blijven staan kijken hoe ze praten en lachen. Het gaat niet, ik wil nooit meer zo'n onzichtbaar, stom wezen worden. Ik wil het niet, ik kan het gewoon niet meer. En toch sta ik daar, naast ze. Helene begrijpt me niet. Natuurlijk moet ze meer vriendinnen hebben dan ik. Ik ben het die fout zit, die geen vriendin met anderen kan delen. Ik moet maar weg. En ik ga. Ik voel me zo klein. Zo hulpeloos en waardeloos. Ik kijk niet op of om, ga er gewoon vandaan.

Een paar weken verstrijken, en ik denk: je moet veranderingen kunnen aanvaarden. En Helene doet echt wel moeite, maar het lukt gewoon niet. Ik haat die nieuwe. Dus sluit ik me bij een paar anderen aan, bij Jenny en Emma, die al lang niet meer met Helene en mij samen waren. Bij hen ben ik ook wel het vijfde wiel, maar toch, op een andere manier.

Het is niet langer leuk op school. Ik word stiller en stiller. Misschien eindig ik toch nog stom. Emma maakt grapjes aan de lopende band, maar het lukt me niet altijd om te lachen. Ik voel me stijf en oud. Nu is het zo, het is te harden, maar prettig is het niet. De dingen veranderen, zo gaat dat nu eenmaal.

8

Gesprek met Helene. Wat we zeggen zijn frasen. Het lijkt of we proberen de schijn op te houden dat we goeie vrienden zijn, wat met moeite lukt. Haar gezicht, wat moet ik eruit aflezen? Ik heb niet de kracht, vind de kracht niet, om me niet te laten gaan. Om te begrijpen wat ze eigenlijk wil zeggen. Om mezelf verstaanbaar te maken. Ik zie aan haar gezicht dat mijn woorden niets bij haar oproepen. Als ze antwoordt, weet ik niet wat ze erbij heeft gedacht, of ze zelfs maar geluisterd heeft, en het gaat niet eens echt om het luisteren.

Haar vriend was weer hatelijk tegen haar geweest. Ze was ook hatelijk geweest, maar dat is maar terecht, vinden we. Ik kan haar niet zeggen wat ik diep in mezelf eigenlijk denk. Zijn gedrag daargelaten, kan ze hem niet nog veel langer zo behandelen als ze doet, als ze een verhouding met hem wil. Ze vreet aan de basis van de verhouding. Ze vreet aan hem, straks houdt hij het niet meer uit met haar. Misschien reageert hij daarom zo hatelijk. Maar dat zeg ik dus niet tegen Helene.

Na school lopen we de stad in en kopen snoep en kletsen wat. Ik wou dat ik haar ergens mee in vertrouwen kon nemen, maar er gebeurt nooit wat in mijn leven. Bovendien geloof ik niet dat ik haar zo vreselijk vertrouw. Niet eens voor de verhouding bekoelde. Ik heb nooit met haar kunnen praten. Zij praatte met mij. Ik luisterde. Ik was jaloers op haar.

We waren vrienden, maar niet bepaald gelijkwaardige. Als ik haar wil uitleggen hoe moe ik het blokken ben, geeuwt ze en ik wil weg. Ik zou iemand willen hebben, een levend iemand, die alleen maar naar me luisterde, vol belangstelling, die alleen maar aandacht had voor mij. Wat is het leuk om te navelstaren. Wat ben ik toch egocentrisch. Het beste waar ik aan kan denken, is denken aan mezelf. Moet een mens zo zijn? Waarom heb ik alleen maar vrienden die niet luisteren?

Er moet toch nog iemand zijn als ik! Ik ben toch geen ufo, daar ben ik toch wel van overtuigd. Waarom is er echt niemand die net zo denkt als ik? Je begint uiteindelijk aan jezelf te twijfelen. Heb ik alles dan verkeerd begrepen?

Na dat gesprek doen we niets meer samen, Helene en ik. We zijn wel vriendinnen, maar het is formeler nu. De vriendschap opzeggen doe je nu eenmaal niet. Natuurlijk praten we nog. We zitten tenslotte naast elkaar in de klas. Maar al wat ik nog voor Helene voel, is een woede die ik eerder nooit heb durven voelen, die me belet opnieuw dichter bij haar te komen.

9

Een leven in afwachting van het leven. In de sneeuw baggeren. Het leven houdt zoveel meer in dan je denkt. Je wordt opgesloten, maar jezelf willen opsluiten, dat kan gewoon niet. Je moet altijd presteren, het lukt niet om het leven te ontvluchten. Het lijkt alsof ik alleen maar wacht op wat later komt.

En alles wat ik nu moet doen, moet ik doen om later mijn leven te kunnen kiezen. Ik wou dat het al snel later was, maar intussen moet ik, tot dan, elke dag door. Ik moet me elke ochtend uit mijn slaap wakker vechten. Ik moet naar school, urenlang aandachtig luisteren, luisteren en leren. Ik moet naar huis en al dat huiswerk maken dat zoveel tijd vraagt zodat alles wat ik wil de hele tijd moet worden uitgesteld. 's Avonds, moet ik naar bed en slapen. Als ik op blijf, wordt al de rest uit mijn geheugen gevaagd. En daarna, na de nacht, is het weer tijd voor het gevecht met mijn slaap.

Het kost zoveel moeite om vooruit te blijven gaan als iets in mij de hele tijd terug wil rennen, zich wil verstoppen en manieren zoekt om niet aan de dingen te beginnen.

Helene heeft me een stukje op de weg meegenomen. Maar nu ben ik zo ver met haar gekomen als mogelijk, verder komen we niet. Ik zie de grenzen die haar persoonlijkheid me stelt. Ze heeft me waardering gegeven - die heeft me een beetje opgekrikt. Ze heeft me warmte gegeven - dat gaf een veilig gevoel. Maar ik kan niet verder mezelf worden met haar.

Ik kan niet op gelijke voet met haar geven en nemen. We zijn niet evenwaardig. Het is heel erg, maar voor mij was ze even goed als ieder ander die me gezelschap had willen houden. Ieder ander. De eerste de beste. Natuurlijk geef ik om haar. Maar er moet meer kunnen zijn, ik ben er zeker van dat er meer moet kunnen zijn.

Iemand die op me lijkt. Dat doet zij niet.

10

Ik kom te laat. Ik loop door verlaten schoolgangen naar mijn klas. Het gevoel van misselijkheid voor ik de deur opendoe. Ze zullen zich allemaal omdraaien, de leraar zal zich ergeren.

Vage indrukken als ik met mijn hoofd omlaag naar mijn plaats loop. Die ziet er anders uit. De plek naast de mijne is leeg. Ik kijk op, begrijp dat het wel degelijk mijn bank is, ga zitten. Daarop zie ik dat Helene naast de nieuwe is gaan zitten. Mooi, dan is dat ook duidelijk. Maar ik voel me verloren. Wie zal nu zeggen: "Wat is er gebeurd? Heb je je verslapen? We zitten op bladzijde 105." Ik denk dat de anderen nu wel stilletjes naar me zitten te kijken en denken dat ik er verdriet van heb en nu moet ik laten blijken dat ik nog geen spatje verdrietig ben en alles doen om te verbergen dat ik het wel ben. Dit is het begin van weer een nieuwe fase. We zien wel wat er zal gebeuren. Ik heb het niet onder controle.

Tijdens de pauze ga ik naar de bibliotheek. De bibliotheek is een bijzonder geladen plek voor me. Daar ga je heen als je helemaal alleen bent, down, als je niet weet waarheen. Ik kijk de rijen boeken langs en overleg wat ik zou kunnen lezen. Ik ga naar de poëzieafdeling, haal er op goed geluk Pär Lagerkvist uit en sla de eerste bladzijde op. Angst, angst, angst. Ik blader. Stinkende vuilnisbelt. Bloedige bossen. Het grijpt me aan. Grijpt me. En ik voel me er beter onder. Ik vind het heerlijk echt medelijden met mezelf te kunnen hebben.

Ineens besef ik dat er iemand tegen me praat. Ik kijk op. Daar staat Rita. Ze zit in mijn klas, maar ik heb nooit eerder met haar gepraat.

"Wat lees je?" vraagt ze.

"Pär Lagerkvist," zeg ik.

Ze lacht en zegt: "Ah zo, Pär Duisterkvist."

Ze lacht een vriendelijke lach. Ik lach met haar mee, en het is vreemd te kunnen lachen met die krop in mijn keel die daar maar blijft zitten. Dat er iemand komt die me aan het lachen maakt. Zo snel kunnen de dingen keren. Ik keer me vanbinnen om.

We zitten te praten, ineens zitten we daar te praten. Ze ziet er misschien een beetje gevaarlijk uit, of nee, niet gevaarlijk, maar hard. Toch heb ik het gevoel dat ze me goedgezind is. Het gaat zo snel, we zijn zo snel over essentiële dingen aan de praat. Dingen die me raken. Zo krijgt Rita betekenis. Heeft ze eerder nooit gehad. Ik heb het gevoel alsof ik haar wat dan ook kan vertellen.

Als we naar de klas teruglopen, word ik onzeker. Wij horen immers niet bij elkaar. Kan ik hier werkelijk naast haar lopen? Waarom praten we met elkaar? We zijn toch geen vriendinnen. Wat hebben we elkaar te vertellen? Maar zij is een heel nieuwe wereld voor me. Ze is iets heel anders dan Helene, Emma, Jenny of een van de anderen waar ik mee heb gepraat. Ik kan iets zijn bij Rita, misschien wel dat wat ik wil zijn. Zo'n wereld als Rita, daar heb ik naar verlangd.

11

Het wordt lente. Hij komt met het smelten van het ijs en het opdrogen van de straten, met de zon die de lucht verwarmt tot een paar graden boven nul zodat je je heerlijk kunt voelen, bijna evenveel in je lichaam als in je ziel. Ik let op heel andere dingen dan anders, in het donker. In het donker zijn mijn gevoelens en gedachten ingewikkeld, betrokken in een neerwaartse spiraal. Maar als het licht komt, is het alsof je wakker wordt en bent vergeten wat je droomde. En ik strek me uit. Mijn borst, mijn longen voelen anders. Groot genoeg, om het zo maar te zeggen. Maar er blijft nog zoveel winter over dat mijn benen nog altijd zwaar wegen. Ik fiets nog niet. Ik ben lui en neem de bus.

Rita is er voor me, nog altijd, bijna binnen handbereik. Als ik haar van nu af aan op school zie, zie ik haar veel duidelijker dan vroeger. Ik zie dat ze anders is dan alle anderen. Haar kleren zijn bijzonder. Ik denk dat ze veel in Stockholm heeft gekocht en dat ze veel gekregen heeft van haar papa, die in Thailand heeft gewerkt. Ze heeft buitenlandse kleren waar je niemand anders mee ziet. Een deel van mij vindt haar een rare vogel. Ze roept een soort van respect in me op. Ik denk dat ik bijna bang voor haar ben. Tijdens een pauze lopen we op een keer toevallig zij aan zij de klas uit. Ze zegt iets tegen me, iets ironisch over de methodes van de leraar, en ik zorg ervoor dat ik naast haar blijf lopen, de gang uit. Ik merk dat ik naar haar opkijk. Ze vraagt of ik met haar mee naar buiten wil, om daar wat te gaan zitten. Ik wil wel en we gaan op de grote stenen trap voor de schoolpoort zitten. We beginnen te praten. Ik praat. En ik hoor mijn stem, het geluid van mijn stem. Bla, bla, bla. Wat zeg ik eigenlijk? Ik geneer me. Ik klets maar raak van de zenuwen. Hoort dat, zenuwachtig worden als je tijdens de pauze naast iemand gaat zitten? Wat is er mis met me?

"Wat is er eigenlijk tussen jou en Helene gebeurd?" vraagt ze daarop.

Ik zwijg. Verbaasd over de vraag. Heeft iedereen dat dan gemerkt?

"Ik weet niet wat ik moet zeggen."

"Je hoeft niet te antwoorden. Het is misschien.een vreemde vraag."

"Nee, alleen, ik wil geen kwaad over haar spreken, het pakt zo gemakkelijk verkeerd uit."

"De situatie is wat gespannen tussen jullie, niet?"

"Ja, misschien kun je dat wel zeggen. Maar het ligt nog het meest aan mij. Ik weet niet, je leert mensen kennen en van anderen kom je los, zo gaat dat."

"Ja, dat is wel zo."

Rita is ernstig, zoals ik. Eindelijk een ernstig mens, zoals ik.

De bel gaat. We lopen naar binnen. Net als alle andere dagen die tot een verleden in elkaar vloeien. Ik kan de tijd niet tot stilstand brengen, hij rent van mij weg. Rita rent weg zodra de laatste les erop zit, ze rent om haar bus te halen, en er staan te veel mensen in de weg. Ik kan niets meer tegen haar zeggen voordat ze verdwijnt. Ik blijf achter met een gevoel van eenzaamheid. Ik blijf bij mijn kluisje hangen, blijf staan denken welke boeken ik mee naar huis zal nemen. Helene staat zoals gewoonlijk een paar kluisjes verderop en ik kan ongeveer voorspellen wat ze zal zeggen als ze vertrekt. Het is allemaal zo voorspelbaar. Het voorspelbare blijft. Helene blijft, ook al praten we niet meer zo met elkaar als vroeger. Ze keert zich toch naar me om en grapt wat met me voor ze "dag" zegt en gaat. Het vertrouwde dat je overal kunt vinden. Fijn en saai. Maar het vreemde is er nu ook. Ik voel het komen aansluipen. Een vreemd gevoel. Het maakt me bang én gelukkig. Het vreemde is in mijn buurt gekomen en ik wil dat het me met zich meesleurt, naar een andere wereld. Ik voel mogelijkheden, voel ze, nog onzichtbaar. Het vreemde smokkelt een wonderlijk gevoel mijn borst binnen. Het is het wonderlijk ongewone, het wonderlijk juiste gevoel dat er iets bestaat dat misschien bij me past.

12

Ik kijk op school de hele tijd naar haar uit. Dit is anders. Ik voel haar de hele tijd binnen in me. Vaak, wanneer ik 's middags bij mijn dagboek thuiskom, ga ik over haar zitten schrijven. Ik zit alleen, daar in mijn roze kamer, en ik droom. Ik zie haar gezicht voor me, ik schrijf alles op wat ze me tijdens de dag heeft verteld en overdenk het allemaal, en er begint een droom in me te groeien, een wens. Ik denk de hele tijd aan haar.

Toch duurt het zo lang voor ik het begrijp. Voor de woorden zich vormen op het papier, de werkelijke woorden. Eerst denk ik dat ik droom dat ik van haar hou. Dan treft het me dat ik er niet alleen over droom.

Ineens weet ik precies wat ik voel. En ik wil het niet van mezelf geloven. Ik weet immers dat ik niet zo ben, het nooit ben geweest. Dit is niet mogelijk - waarom moet juist ik het zijn?

We zien elkaar op een ochtend wanneer alles met sneeuw bedekt is. Die is vannacht gevallen en het is ongetwijfeld de laatste sneeuw van deze lente. Rita en ik lopen buiten en laten voetsporen na, overal. Het is zondagochtend en het geeft zo'n wonderlijk gevoel buiten te zijn en samen te wandelen. We lopen het bos in. Zij loopt voor me uit. Ik zie haar zwarte gewatteerde jack en lange zelfgebreide sjaal voor me, haar jongenskorte haar, lichtbruin van kleur. Ik weet dat onder haar bultige jack haar rug tenger, haar schouders smal zijn. Ik vind het fijn haar rug voor me te zien, in haar voetsporen te lopen. Ik tel voor haar. Het is nu zij en ik, hier in het bos zijn we alleen, hier zijn we vanzelfsprekend voor elkaar. Want op school zwermen er altijd anderen om ons heen die haar aandacht van me kunnen afnemen. Anderen die een groter recht op haar hebben dan ik. Hier heb ik haar voor mij alleen. Geen nijd, geen angstige gedachten over wat ik beteken.

"Ik ga tijdens het weekend naar Göteborg om een paar vrienden te zien," zegt Rita. "Kom je mee?"

Zal ik met haar meegaan? Wat moet ik zeggen? Het gaat niet, ik durf niet. Hoe moet ik me dat voorstellen?

"Ik weet niet..." zeg ik.

"Het zijn aardige, vriendelijke mensen. Er is een meisje dat Veronika heet uit mijn oude klas. Je zult haar zeker leuk vinden. Ze is zo iemand die ervan houdt in een café lekker te praten. En een meisje dat Lisa heet. Zij is meer Veronika's vriendin, maar ze lijkt nogal op haar. Ze vinden het altijd leuk als er nieuwe mensen komen. Ik denk dat het heel leuk wordt als je meekomt."

"Ja, dat denk ik ook, maar het klinkt een beetje eng."

"Maar ik neem je mee, ik zorg voor je. Je hoeft niet bang te zijn. We gaan gewoon even de stad in, zitten in wat cafés, bij hen thuis, drinken wat wijn."

"Klinkt gezellig," zeg ik, beseffend dat ik nooit eerder wijn heb gedronken. Maar dat kan ik nu niet vertellen.

"Kom je dan mee?"

"Mmm.. oké dan."

Dat maakt haar zo blij. Ze lacht, ze lacht hardop als ze ziet hoe ongerust ik ben, en ik lach met haar mee. Ik ben blij dat ik ja heb gezegd, maar word verschrikkelijk zenuwachtig bij de gedachte. Maar het duurt nog een week. Een hele schoolweek. Het is net alsof we naar het buitenland gaan. Ik ben al zo lang de stad niet uit geweest. Jawel, ik moet mama vragen of ze het goed vindt. Ik hoop dat ze er niets op tegen heeft. Je weet maar nooit wat ze in haar hoofd krijgt.

De halve dag lopen we door het bos, in de sneeuw. We verlangen naar de lente. Als we het bos uitkomen en de villa's naderen, voel ik het gewone leven op ons afkomen. Het lag ver van ons af toen we in het bos waren, maar nu lopen we ernaar terug, lopen het recht in de armen. De villa's, de mensen, de parken, het geordende en kunstmatige. Maandag, de schoolweek, huiswerk, het geordende en gesystematiseerde. Naar huis, naar de flat en mama en papa. Rita heeft ook nog broers en zussen. Ik benijd haar er om. Ik zou willen dat ze me vroeg of ik niet even met haar meekwam. Zelf durf ik het niet te vragen. Ze zegt: "Ja, nu ga ik naar huis, een goed boek lezen. En ik ga waarschijnlijk ook weken in bad."

"Welk boek?" vraag ik.

"Löwensköldska ringen."

Hier scheiden onze wegen. We blijven staan. Ik weet niet of we iets meer moeten zeggen dan alleen maar "tot dan".

"Het was een prettige wandeling," zeg ik.

"Ja, heel prettig," zegt ze. "Morgen beginnen we om acht uur."

"Ja."

"Tot morgen dan," zegt ze, terwijl ze al wegloopt.

"Ja, tot morgen."

Ik lach naar haar en ga. Laat het verdriet me overspoelen. Waarom is het er ineens? Ik ben immers blij dat ik Rita heb gezien, dat ik met haar ben gaan wandelen, dat we dit weekend naar Göteborg zullen gaan. Ik wil haar broers en zussen zien. Ik wil zien hoe ze woont. Ik wil op haar kamer gevraagd worden. Zo'n vriendin zijn die in haar kamer op haar bed mag zitten en 's avonds met haar mag praten. Ik wil dichter bij haar komen. Dit is niet genoeg. Het kleinste teken dat wijst op afstand tussen ons maakt me verdrietig. En er ligt nog steeds een enorme afstand tussen ons. Ik moet meer durven.

13

De trein naar Göteborg. Akkers suizen voorbij, bevroren len-
tegrond. De laatste sneeuw is weggesmolten, maar het grijze
gevoel nergens toe te komen, is gebleven. Modder, mist.
Regen in de lucht. Het is triest wanneer je op de lente wacht.
De lente die nu maar ter plaatse staat te trappelen. Verder
naar het zuiden is het hetzelfde. Alleen een paar graden war-
mer.

De reis vervliegt zonder dat ik aan denken toekom. Of ik
denk zoveel dat ik niet merk hoe snel de tijd vliegt. Ik ben
bang voor wat ons wacht, vreemde mensen, een vreemd
weekend. Rita is opgetogen en praatgraag. Ik hoop dat ik er
van op aan kan dat ze zich om me bekommert. Dat ik niet
alleen en verloren eindig als ze de anderen ziet.

"Göteborg, bijna."

Kriebels in mijn buik. Ja, nu komen we ook echt aan, dit
is echt, dit. We staan in de rij voor de deur om uit te stappen.
Ik sta achter Rita met mijn rugzak in mijn hand. Ik hijs hem op
mijn rug. Daarna zet de rij zich in beweging en ik daal het
trapje naar het perron af. Er staan veel mensen. Het is avond
en donker. Ik bevind me in een vreemde stad. Ik voel me
klein, te onbelangrijk en te jong. Ik ben bang, maar ik geloof
wel dat het me lukt.

Ineens komen twee meisjes aangerend en grijpen Rita
vast. Ze omarmen elkaar, alle drie. En ik sta daar naar hen te
kijken. Ze keren zich naar me om en zeggen hallo. Ik krijg

het gevoel dat ze me inspecteren.

Rita zegt: "Dit is Marta. En dit zijn Veronika en Lisa."

Veronika is lang en sterk. Ze lacht de hele tijd, ziet er vriendelijk uit. Haar kleren hebben krachtige, onalledaagse kleuren, laag boven laag. Keigroene schoenen. Ze ziet er anders uit dan alle anderen. Lisa heeft wortelrood haar en een ribfluwelen jas. Ze is lang en mager, heeft een ernstig gezicht. Is misschien wat teruggetrokken.

"Wat doen we nu?" vraagt Rita.

"We gaan naar mij thuis," zegt Veronika. "Mijn ouders zijn er vanavond niet."

We zitten met zijn vieren om de tafel in de keuken, een grote, witte keuken met een grote, massieve grenenhouten tafel. Met zijn vieren, ik ben er dus bij. Ik tel mee. We zitten elk achter onze kop thee met een boterham. Ze praten evenveel met mij als met Rita. We maken plannen voor morgen. Waarom zijn er thuis niet mensen zoals zij? Ze zijn anders dan ik gewend ben; ik dacht niet dat er zulke mensen bestonden. Ik kan naar ze opkijken, niet angstig of inferieur, maar bewonderend jaloers. Ik wil zijn zoals zij, en misschien is dat ook mogelijk. Misschien ben ik zoals zij. Rita is samen met Veronika en Lisa opgegroeid. Ze woonde tot de herfst hier in Göteborg. Toen is haar gezin verhuisd, net toen Rita haar voorlaatste jaar moest beginnen. Ze begon op mijn school, en daar ben ik blij om.

Iemand houdt morgen een feest en de andere drie zijn wild enthousiast. Ik ben een beetje bang. Ik wil niet. Maar ik kan niets zeggen, ik ben ook zo'n held op sokken. Wil ik niet zijn. Ik denk dat als ik zwijg en het zo laat, het misschien aan me voorbijgaat, zonder dat ik er iets van merk. Er zal alcohol zijn, en ik zal ermee te stellen krijgen en ik zal me niet kunnen verzetten. Ik wil zo graag een keer drinken, wil het een keer gedaan hebben, weten hoe het is, ervaringen opdoen. Zolang maar niemand merkt dat ik nog nooit gedronken heb. Zolang ze maar niet zien wat voor een stuntel ik ben. De anderen drinken al lang. Ze zijn al ervaren, zestien als ze zijn. Vreemd, eigenlijk.

Veronika haalt een kaartspel, papier en een pen tevoorschijn en we spelen. We gillen en lachen, zelfs ik. Heerlijk. Een kaartspelroes, ik wou dat de anderen er geen alcohol bij nodig hadden. Maar dat hebben ze wel, en ik durf niets anders dan meedoen. Alles staat klaar, in 't geniep gekocht, gestolen. Morgen drinken we.

14

Ik ben helemaal in de war. Zoveel mensen om me heen, zo'n dreunende, oorverdovende muziek, zo'n vreemde omgeving. Een flat, de ouders zijn er niet, ergens uit. Een vriend van Rita zorgt voor alles.

Overal mensen. Er zijn er veel die niet eens uitgenodigd zijn, want er is alcohol. Ook in mij, veel. Alles draait om me heen. Ik heb een heleboel gerookt en ik voel me slecht. Rita heeft me niet aan mijn lot overgelaten, ze is de hele tijd in mijn buurt gebleven. Ze zit naast me met een jongen te praten, ik merk wel hoe ze zich voor hem aanstelt. Lacht, grapt, giechelt. Hoe kan ze zich belachelijk maken voor een jongen? Ik word jaloers. Ik haat hem.

Ik zal er wel uitzien alsof ik een lobotomie heb gehad, zoals ik hier op mijn stoel zit te staren met mijn zoemende hoofd, te wachten tot mijn misselijkheid verdwijnt. Ik kan maar aan één ding denken. Kon ik Rita maar vertellen wat ik voel. Kon ik het maar zeggen. Maar wat moet ik zeggen? En wat heb ik daarna nog over? Niets. Ze zou daarna mijn vriendin niet meer kunnen zijn, ik zou haar kwijtraken.

Rita fluistert tegen me dat ze naar het toilet moet en loopt de kamer uit. Ik blijf alleen achter in een massa vreemde mensen. Veronika en Lisa zijn in een andere kamer.

Ik leun over de tafel, klop een jongen op de schouder en vraag hem om een sigaret. Gewoon om ergens naar te vragen, gewoon om iets om handen te hebben. Hij presenteert me een sigaret en probeert met me te praten, maar door de muziek hoor ik niet wat hij zegt.

"Gaan we ergens naartoe, gaan we naar buiten?" vraag ik. Hij knikt. We vertrekken. De straat op. Het is rustig en fris buiten. Stil. Heerlijk die frisse lucht. Ik voel me opgelucht dat ik kan ademen, dat ik mijn eigen stem kan horen. Wie is hij? Hij ziet er heel gewoon uit, er is niets bijzonders met hem.

"Hoe heet je?" vraag ik.

"Tim, en jij?"

Met tegenzin zeg ik mijn naam. Het interesseert me niet dat hij weet wie ik ben, ik wil alleen weten wie hij is. Ik begrijp dat hij denkt dat ik iets in hem zie. Hij begint een hoop onzin uit te slaan, probeert indruk te maken. Ik word er zo moe van, maar probeer de indruk te geven dat ik luister.

Ik weet bij god niet wat ik moet antwoorden.

Ineens pakt hij me vast. Legt zijn handen op mijn schouder. Het is onschuldig, hij trekt me niet eens naar zich toe, maar ik word boos. Ik wil zijn kleffe handen niet op mijn lijf! Ik wil zijn zware armen niet ophouden. Ik ben niet iemand om op te gaan hangen, ik ben geen gemakkelijke oplossing voor hopeloze gevallen.

"Laat me los, handen weg!" zeg ik agressief.

Hij deinst achteruit. Hij had niets kwaads in de zin, dat begrijp ik, maar ik kan mijn woorden niet meer intrekken. Nu heb ik van mezelf een ouwe zuurpruim gemaakt. Het spijt me. Waarom ben ik toch zo? Ik zeg: "Nu ga ik naar binnen."

Het feest loopt op zijn laatste benen, mensen druipen af. Ik zit zo alleen maar een beetje te wachten. Rita duikt op, waar dan ook vandaan, en komt naast me zitten. Ze pakt mijn handen vast en vraagt hoe ik het maak. Ze luistert niet naar mijn antwoord. Ze is volgegoten en sentimenteel.

"Ik vind je reuzeaardig, Marta," zegt ze.

Ik denk dat ze het meent. Mensen zeggen toch wat ze menen als ze gedronken hebben? Ik lach haar toe en voel mezelf ontnuchteren. Het is nu net alsof ik op haar moet passen in plaats van andersom. Niet erg, ik zorg graag voor Rita.

"Ik ben zo blij dat je meegekomen bent," zegt Rita. "Ik wilde je aan mijn vrienden voorstellen."

"Ik ben blij dat je me meegevraagd hebt," antwoord ik. "Fijn dat we samen iets konden doen."

Maar ik vind de kracht niet om te zeggen dat ik haar graag zie. Het gaat niet, het zit te dicht op mijn huid. Ik verlang nu zo naar mijn bed, ik wil naar Veronika's flat, naar de stilte en de rust. Naar ons gefluister in het duister, naar de kalmte en geborgenheid Na Het Feest. Ik wil hier weg, het is mooi geweest.

"Ik wil niet dat het ophoudt," zegt Rita. "Ik zou de hele nacht kunnen blijven."

En ze fluistert: "Had ik je gezegd dat die daar mijn ex-vriendje is? Vreselijk, erg om hem terug te zien. Ik zal hem nooit kunnen vergeten."

Ik wil het niet weten. Ik kijk naar haar ex-vriendje. Ik ben woedend, terwijl ik helemaal niets over hem weet.

"Wat je eenmaal hebt gevoeld, gaat nooit meer helemaal over, Marta. Heb je dat nooit gehad? Heb jij een oogje op iemand?"

"Nee," zeg ik. "Ik heb nooit echt iets gevoeld. Ik heb me

een paar keer voorgesteld dat er iets was, maar dat ging over. Er is toch nooit iemand geïnteresseerd in mij."

Dat is meer dan ik ooit tegen iemand anders heb gezegd. Alleen nog maar toegeven dat het kan dat ik iemand zou willen hebben, dat ik verdriet zou kunnen hebben dat niemand iets met me wil. Rita houdt mijn hand in de hare. Ze is zo dicht bij me. Nu weet ik dat we echte vriendinnen zijn.

15

De ochtend daarop gaan we ergens ontbijten. Ik koop koffie en een broodje met zweetkaas en augurk. Ik zit daar te midden van de anderen het mooie plafond te bekijken. Het is een oud huis met hoge kamers. Het is prachtig. Vandaag gaan we wandelen tot het tijd is voor de trein, onze tassen staan al op het station.

Ik zit naar de anderen te luisteren. Ik ben zo rustig vanbinnen. Zo vredig. Dat moet betekenen dat ik me hier toch een beetje op mijn gemak voel, tussen deze mensen. Ik vind het heerlijk dat Rita zo dicht bij me is. Het is heerlijk bij hen te zijn zonder dat ik me in moet spannen, me zenuwachtig of gespannen hoef te voelen. Ik luister. Geroezemoes. Ik droom ervan dichter bij haar te komen.

Als we wegwandelen, beginnen ze over hun relaties te praten. Lisa heeft al jaren een vriend, ze zegt dat het een beetje saai en niet bijzonder romantisch meer is.

"Zo hoeft het toch niet te zijn?" zegt ik.

"Ik zal dan wel op een spannende gozer moeten wachten om er een lange, geheime affaire mee te hebben," zegt Lisa.

Ik ga ervan uit dat het een grapje is, maar ik kom er niet achter of ze het meent.

Veronika vertelt over haar ongelukkige liefde voor haar ex-vriend. Ze wilde met hem trouwen. Eindelijk iemand die zich net zo uitdrukt als ik! Iemand die dadelijk aan trouwen denkt.

Maar Rita lacht erom, gestoord vindt ze het. "Wat zijn we helemaal, zestien! Er is geen enkele reden om wanhopig te worden. Kijk Marta maar. Ze heeft geen vriend. En ze heeft het ook nooit over jongens. Ik geloof dat ze er niet eens aan denkt. En toch gaat het goed met haar. Jullie moeten je niet te snel zorgen maken.

"Ben je niet geïnteresseerd in jongens?" vraagt Veronika vervolgens.

"Ik wil daarmee niet zeggen dat ze van de andere kant is," antwoordt Rita voor me. "Maar ze weet dat er niet zo'n haast bij is."

Ik ben gegeneerd. Ik kan wel door de grond zinken. Hoe is het mogelijk dat Rita zo over me praat? Ik wil niets zeggen. Ik weet niet wat ik zeggen moet. Ik ken mezelf niet goed genoeg om te kunnen antwoorden. Ik heb het gevoel dat Rita door me heen kijkt. Ik vraag me af of zij voelt wat ik voor haar voel. Ik schaam me. Ik wil niet zoveel om Rita geven.

We veranderen van onderwerp, bijna zonder dat ik het merk. Pas na een lange wandeling voel ik me weer lekker. Het is tijd voor de trein.

Lisa en Veronika omhelzen ons op het perron, en we gaan weg. Een mooi gevoel. Maar Rita en ik zwijgen de hele weg terug. Het is alsof ze is leeggelopen. Ze maakt geen blije indruk. En ik durf haar niet te storen.

Tegen het einde van de rit zegt ze: "Vrienden zijn het allerbelangrijkst, Marta. Belangrijker dan een levenslange liefde. Om mijn vrienden te houden zou ik maar wat graag mijn vriend geven. Vriendschap is meer waard dan liefde."

16

Dat reusachtige schoolgebouw. Alles is zo smerig hier, zo lelijk en versleten. Ik ben een onbetekenende mier tussen alle andere. Maar hier leef ik mijn voltijds leven. Het is moeilijk om terug te komen als je weg bent geweest. Moeilijker om het hier nu uit te houden. Ik loop op stenen trappen tussen stenen muren en hou me stil. Ik zwijg en toch ben ik er met mijn gedachten niet helemaal bij. Een paar hebben een opmerking gemaakt, dat ik zo stil ben. Ze denken dat ik over iets diepzinnigs nadenk. Ik laat het hen graag geloven. Ze durven me bijna niet te storen. En dat maakt het gemakkelijker voor me om ze op een afstand te houden, waardoor ze onwerkelijk worden.

Ik denk dat ik me soms echt verbeeld dat ik beter ben dan de rest. Wanneer ik er mezelf op betrap dat ik mensen al afdoe nog voor ik met ze heb gepraat. Ik meen te weten hoe ze denken, zo, op het zicht. Maar wat is er eigenlijk echt van waar, van alles wat ik denk te zien? Ik zie dingen bij mensen. Maar wat denken ze eigenlijk? Denken ze zoals ik? Waarschijnlijk zijn ze heel anders dan ik me ze voorstel. Ze zijn totaal verschillende werelden.

Wat is er eigenlijk om me heen? Wat is werkelijk van alles wat ik meen te kennen? Als ik zo denk, denk ik dat alles evengoed door mijn verbeelding uitgevonden zou kunnen zijn, dat alles alleen maar ingebeeld zou kunnen zijn. Soms verlang ik die grens te overschrijden. Te ontsnappen aan de werkelijkheid.

17

Vervelend, die gedachten van mij over Rita. Als ik haar ook maar zou aangeven wat ik voor haar voel, zou ik alles alleen maar kapotmaken. Voor haar is vriendschap veel belangrijker dan liefde, en in zekere zin ben ik het met haar eens. Vriendschap is sterker, houdt het langer uit, geeft misschien meer. Wat is seks? Niets! Je kunt lichaamscontact hebben zonder seks. De liefde is zo teer. Als ik een stap verder zet en vriendschap liefde wordt, wordt alles ineens zo breekbaar en moeilijk.

Als het me genoeg is haar vriendin te zijn, als ik mijn gedachten en gevoelens van me af probeer te zetten, zal ik niet zo'n doodspijn hoeven te lijden, hoef ik niet te piekeren en te tobben en bang te zijn over hoe het is en hoe het wordt. Maar als ik doorga, moet ik ongelukkig blijven rondlopen tot ik het haar vertel. En dan zet ik onze vriendschap op het spel. Dan kan ze niet langer mijn vriendin zijn. Of ik win haar liefde en we krijgen een ingewikkelde relatie die later misschien afloopt, en dan lukt het ons ook niet om nog langer vrienden te zijn.

Welke heerlijke vooruitzichten. Wat is de liefde waard? Ik heb nog niets positiefs meegemaakt. Ik moet dit uit mijn hoofd zetten.

Ik moest me eigenlijk ver van Rita houden. Maar ik weet dat ik toch altijd bij haar aan kan komen, onder de schijn van vriendschap, onder de schijn van heel andere, aanvaardbare beweegredenen. Vriendschap. Is Rita een vriendin?

Ik heb het gevoel dat ik haar bedrieg, dat ik de situatie misbruik. Ik moet me niet zo aan haar vastklampen. Want het wordt alleen maar erger.

Ik zou zo graag al de bekende, grootse, dramatische replieken kunnen zeggen. Maar ik kan ze niet in de werkelijkheid inpassen. Stel je voor: al mijn geheimen eindelijk kunnen vertellen. Maar met welk gevolg? Alles wordt op zijn kop gezet en bevuild. Ze zal teleurgesteld in me zijn. In onze vriendschap. Ze zou me verafschuwen, moeten braken, kotsen. Het zou afschuwelijk zijn.

Wat zou het heerlijk kunnen zijn om alles te kunnen vertellen, geen geheimen te hebben. Om me er niet zo alleen mee te voelen. Maar ik weet wat ik beslist heb. Nooit mag ze het weten.

18

Soms heb ik het gevoel dat ik verstikt word. Door alles om me heen. Alles op school wordt hopeloos. Het is pijnlijk als Helene me probeert aan te spreken. Ik doe nu smerig tegen haar. Alsof ik haar wil straffen. Ik kan niet gewoon zwijgen met alle verdriet dat ik in me heb, het verdriet over de vriendschap tussen haar en mij. Ik laat het op haar los elke keer als ze contact zoekt. Ik moet alles wat er eventueel nog over is, doden.

Ik zie haar immers tijdens elke les voor me. Behalve bij wiskunde. Nu zitten ze helemaal aan de andere kant van de klas bij wiskunde. Rita blijft zitten zoals ze altijd zat, naast Tony. Ik heb alleen tijdens de pauzes het voorrecht om soms met haar te praten. Ik heb het gevoel dat ik haar als een schaduw achtervolg.

Ik voel me tijdens de lessen alleen. Het maakt me verdrietig dat er niemand over is die naast mij kan zitten. Het is niet zo dat ik absoluut met iemand moet praten, eigenlijk is het alleen maar omdat ik me zo het vijfde wiel voel, degene die over is gebleven. Ik voel me als een onbewoond eiland met een gapend lege zitplaats naast me, midden in de zee van gevulde banken.

En de leraren die alles zien. Zij zien juist het meeste, zij zijn de enigen die zo zitten dat ze ieders gezicht kunnen bekijken. Het lukt niet om je voor de ogen van de leraren verborgen te houden. Ik vraag me af hoe ze naar me kijken.

Ik wil zo graag een goede leerling zijn, hoge cijfers halen. Maar daarom wil ik niet dat ze me zien als iemand die liever blokt dan met anderen omgaat, of als een slijmerig kruipertje. Sommige vakken interesseren me echt, maar ik weet niet hoeveel ik dat durf te laten blijken, want dat komt zo stroperig over. Soms heb ik zoveel vragen die ik de leraar wil stellen en tijdens sommige lessen lijkt het of ik behalve de leraar de enige ben die aan het woord is. Zo komt het dat ik opval, dat ze me opmerken, en dat geeft een onaangenaam gevoel. Anders zeg ik zelden iets, dus moet de klas echt reageren als ik zo'n bui krijg en maar door blijf vragen.

Helene probeert de zaken wel weer recht te trekken, maar dat sta ik niet toe. Het is nu te laat. Ik wil niet meer. Hoewel ik besef hoe eenzaam ik geworden ben. En hoe meer tijd er verstrijkt hoe eenzamer ik zal worden. Het lijkt of ik iedereen in mijn buurt wegjaag. Ik voel een woede binnenin me, die ik over de buitenwereld moet uitstorten. Ik moet de buitenwereld wegjagen, om zelf niet tot waanzin te worden gedreven. Dat gevoel van verstikking, verstikt te worden door alles wat me overstelpt.

Toch zie ik elke dag op weg van en naar school dat de lente eraan komt. Maar het is nog altijd vies, grijs en guur. Ik verlang naar heldere kleuren. Dat het gras weer dichtgroeit. Dat de bomen zich eindelijk weer gaan verbergen.

19

Voor mama en papa is mijn hele leven verborgen. Ik doe ook niets om dat te veranderen. Ik ben in andere termen over mezelf gaan denken en ik begin het vreemd te vinden dat mijn ouders niet het minste idee hebben dat ik veranderd ben. Ik groei en zal gauw volwassen zijn. Ik word zeventien in mei. Zo lang duurt dat niet meer.

En toch zijn ze mijn familie. Ik leef met ze samen. We bewegen ons onder hetzelfde dak, elke dag opnieuw. Elke dag kom ik na school hierheen, ik kom hier terug als ik op reis ben geweest. Dit is een vast punt. Mama en papa weten nu misschien niet zo goed meer wat ik denk, maar ze kennen me op een andere manier dan mijn vrienden. Ze hebben me zien opgroeien. Ik waardeer ze niet zoveel als ik zou moeten.

Vandaag zitten we vis te eten als de telefoon ons onderbreekt. Papa neemt op. "Ja, ze is er, een momentje," zegt hij met een blik op mij. Toch kan ik het niet geloven, tot hij me zegt: "Telefoon voor je."

Ik ga van tafel en neem in een andere kamer op. Ik hoor Rita's stem door de hoorn.

"Wat doe je?" vraagt ze.

"We zijn aan het eten. We zijn bijna klaar."

"Stoor ik niet?"

"Nee hoor," zeg ik.

"Doe je iets bijzonders vanavond?"

"Nee, ik heb niets te doen."

"Ik ook niet. Ik verveel me vreselijk. Kom je niet, dan kunnen we spelletjes doen of zo?"

"Ja, fijn! Wanneer komt het uit?"

"Wanneer je wilt, als je klaar bent. Altijd welkom. Je weet toch waar ik woon?"

"Ja, ik denk wel dat ik het vind. Anders bel ik."

"Goed. Afgesproken. Tot gauw!"

Mama en papa kijken me vragend aan.

"Dat was Rita uit mijn klas."

"Hebben wij al over haar gehoord?"

"Nee, maar ze is leuk. Ik ga vanavond bij haar langs."

Ik probeer er niet beschaamd uit te zien. Ik heb een enorm gevoel van gène. Gewoonlijk praat ik niet over mijn klasgenoten en ik ga na school ook niet bij ze langs, dus denk ik dat mijn ouders vragen zullen stellen, ik verwacht een reactie. Maar nee.

"Aha," zegt mama. "Fijn voor je. Wat ben je van plan te doen?"

"Spelletjes of zo."

Als het een jongen was geweest, hadden ze zeker gereageerd. Maar het is geen jongen, en waarom zou het ook?

20

Als ik bij Rita aanbel, doet ze open en zegt: "Dag Marta. Fijn dat je er bent! Kom binnen!"

Ik stap binnen in een huis vol leven. In de keuken links hoor ik de vaatwasser, in de woonkamer recht voor me staat de tv aan en van de bovenverdieping klinkt muziek. We lopen de woonkamer in. Daar zitten Rita's mama en papa. Ze zien er heel gewoon uit. Ze kijken me aan en zeggen goeiedag.

"Dit is Marta," zegt Rita.

"Dag," zeg ik.

"Nu gaan we naar boven, kom mee," zegt Rita tegen mij.

Rita's kamer ligt boven. Het is een kleine kamer met alleen een bed, een groot boekenrek en klerenkasten. Ik bekijk haar boeken. Altijd fijn om te zien wat anderen in hun rek hebben staan. We gaan op het bed zitten kletsen. Op haar bed ligt een diepblauwe sprei met een massa applicaties in rood, oranje en goud. Zonnetjes, maantjes en engelen. Bijzonder.

"Heeft mijn moeder genaaid toen ik klein was," vertelt Rita. "Mijn zus heeft er net zo een, wel met andere motiefjes en iets andere kleuren."

"Hoeveel broers en zussen heb je?"

"Drie. Een zus en een broer die thuis wonen en een zus die ouder is en alleen woont. Of liever, ze woont niet alleen, maar ze is het huis uit."

"Woont ze samen, of is ze getrouwd of zo?"

"Ze woont samen met haar vriendin. Ze is lesbisch," zegt Rita en ze lacht een beetje. "Stel je voor!"

Mijn hals zit als dichtgeschroeid. Ik kan nauwelijks nog ademen. Ik durf niet te slikken, want ik ben bang dat ze zal merken dat ik geraakt ben.

"Wat vind je daarvan?" antwoord ik stijf.

"Ik vind het best goed," zegt ze en weer lacht ze. "Ik weet wat je denkt! Maar zo zit ik niet in elkaar!"

Ik word bang als ik me realiseer dat ze echt niet weet wat ik denk. Daarna voel ik me wat teleurgesteld: ze zit niet zo in elkaar. Maar ik ben aangedaan nu ik weet dat er iemand is van vlees en bloed, niet zo ver van mij af, die wel zo is. Het bestaat! Het bestaat echt! Zelfs in deze stad. Ik ben zelf nog nooit zo iemand tegengekomen, in elk geval niet bewust. Niemand gelooft immers dat er zulke mensen op school kunnen zijn... er praat toch niemand in dat soort termen.

Langzaamaan zie ik in dat het niet alleen een kwestie is van bepaalde gevoelens voor iemand koesteren. Het heeft ook een naam. Homoseksueel. Lesbisch. Wat een afschuwelijke woorden! Als ze over mij zouden gaan toch! Ik kan ze niet in mijn mond nemen. En ik voel heel sterk dat ik niet wil dat ze mij zo noemen. Ik ben er niet zo een. Ik ben altijd heteroseksueel geweest. Ik heb nooit gedacht dat, weet je, homoseksualiteit iets zou kunnen zijn wat mij aangaat.

We gaan er niet over door, we praten over wat al niet en het wordt heel gezellig. Rita haalt een Monopolyspel boven en we spelen lang. Een paar keer komen Rita's jongere broer en zus binnen om me te keuren. 't Lijken echte schatjes. Niet dat ze echt zo vreselijk klein zijn, maar ze zien er lief uit.

Het moet fijn zijn broers en zussen te hebben.

Het duurt veel te lang voor het spel uit is. Uiteindelijk besluiten we om er de brui aan te geven.

"Ik moet nu naar huis, het is al heel laat," zeg ik en rek me uit.

"Zeg, ga je vrijdag naar het schoolfeest?" vraagt Rita.

"Ik weet het niet."

"Wil je niet met mij mee?"

Ik word zo blij dat ze me vraagt. Eigenlijk wil ik niet, maar ik vind niet dat ik nee kan zeggen.

"Oké."

"Je kunt misschien eerst even hier langskomen. Misschien kunnen we wat bier meesmokkelen of zo. Ik zie wel wat ik te pakken krijg. Maar we zien elkaar eerder nog wel op school."

"Ja. We kunnen het later verder bespreken."

Rita loopt met me naar de deur en kijkt hoe ik mijn veters strik. Ik wil haar even vastpakken voor ik ga. Maar dat doe ik niet, ik zou me maar aanstellen.

"Goeienacht," zegt ze. "Slaap zacht!"

21

Ik ben bij haar thuis geweest, heb haar familie gezien, heb op haar bed zitten praten. Ik heb het nu gedaan. Maar het mag niet al te veel voor me betekenen, want ik begin haar los te laten. Ze heeft natuurlijk nooit langs dezelfde lijnen gedacht als ik. Ze zal nooit op die manier in me geïnteresseerd zijn.

Misschien moet ik haar zien als gewoon een vriendin, misschien als ik haar beter leer kennen. Misschien besef ik later dat ik het me maar verbeeld heb. Dat ik haar helemaal niet wil. Alleen een vriendschap met gepaste afstand. Veilig.

22

Schoolfeest. Rita heeft vier blikjes bier in haar handtas. Ze smokkelt ze mee naar binnen. We zijn er. De zaal zit bomvol. Ik herken de meesten, maar ze zien er allemaal anders uit. Geschminkt, opgetut, fijn aangekleed. Korte rokken, blote benen, strakke truitjes. De gezichten zijn uitdrukkingsloos en onwerkelijk, als van plastic poppen. Ja, zo zien de meisjes eruit... en de jongens zien er meer uit als gewoonlijk, uiterlijk, maar je kunt ze zien wankelen en op andermans schouders zien hangen en dronkemanspraat uitslaan. Pijnlijk om ze zo te zien. Nee, ze zijn niet allemaal dronken, dat spreekt voor zich, want eigenlijk zijn alle roesmiddelen op schoolfeesten verboden.

Rita loopt weg, de dansvloer op. Ik moet met haar mee. Als Rita me ziet dansen, zegt ze: "Jij hebt duidelijk wat bier nodig!"

We gaan, dringen ons tussen de mensen door. Jenny en Emma staan met een paar jongens te praten. We lopen naar hen toe. Ze zijn blij ons te zien en zeggen: "Ben jij er ook, Marta? Wat fijn je hier te zien!"

Ik voel me zo dom als ik dat hoor. Is het zo bijzonder dat ik er ben? Maar ik ben trots dat ik er nu tenminste wel bij ben. En wat vonden ze het fijn om me te zien! Ik word er zelf blij van. Ik voel me euforisch. Ik heb het gevoel net zo te zijn als de anderen. Ik heb het gevoel te kunnen doen wat ik maar wil.

We gaan naar het toilet en delen een blikje bier, Rita en ik. Daarbinnen, op het toilet, is er alleen ons twee, in het besef van de rij die wacht voor de deur. Niemand ziet ons. Ze praat en lacht, zich totaal niet bewust van wat ik denk. Ze is hetero. Ze is echt hetero. Ik geef haar op. En toch niet, want wat ik binnenin voel, als ik haar zie en met haar praat, dat gaat niet over. Maar mijn hoop en mijn dromen, die lijken stilaan onmogelijk. Ook al pakt ze mijn hand als ze wat heeft gedronken. Ongetwijfeld bedoelt ze daar niets mee.

"Gaan we weer naar buiten?" vraagt ze en ik knik.

Ik voel zo'n energie in me. Ik wil dansen, bewegen, pret maken. Vieren.

Rita lijkt zich niet langer te schamen over mijn manier van dansen. Het kan haar niet schelen. Ze kijkt naar de jongens. Er komt een rustig nummer, een vettige ballade. Er komt beweging op de dansvloer, veel dansers gaan zitten en Rita en ik lopen recht op Jenny en Emma af. Daarna zitten we te zwijgen met zijn vieren en kijken we naar de paren die dansen. Ik wil ook. Dicht bij iemand zijn, iemands lijf tegen het mijne voelen, in iemands armen liggen. Van iemand, het geeft niet wie.

We zitten weer op het toilet. Plassen en bijvullen. Ik voel al de gevolgen van dat ene biertje dat ik binnen heb. Ik ben het ook niet gewend. Ik zie mezelf in de spiegel. Ik ben niet direct knap, maar ook niet lelijk. Hoe zou ik eruitzien in de ogen van anderen? Hoe zien jongens mij? Ik kan mezelf misschien niet vergelijken met meisjes als Helene en ook niet met Rita, maar ik vind dat ik er best goed uitzie, heel gewoon. Alleen niet zo cool als de anderen.

Weer van de dansvloer af omdat de muziek weer rustig is geworden. Een jongen houdt me aan, vraagt of ik wil dansen. Ik pak zijn handen. Ik herken hem, maar ik ken hem niet. Hij legt zijn armen om me heen. Mijn hand zweet op zijn rug. Ik voel me stram en stijf, gespannen. Maar ik voel me ongelofelijk gelukkig dat iemand met me wil dansen. Deze jongen heeft op school zo ongeveer dezelfde status als ik. Hij is niet echt iemand die je opmerkt. Hij ziet er wat saai uit, maar voor het overige is er niets mis met hem.

Zijn mond bij mijn oor. "Hoe heet je?" vraagt hij.

"Marta, en jij?"

"Per."

Saaie naam, saaie jongen, denk ik. Maar ik voel zijn handen om mijn middel en dat voelt heerlijk. Zijn handen lijken zeker van zichzelf, geen zenuwen.

De muziek stopt. We blijven staan. Ik wil nu weg, het is goed dat het voorbij is. Ik ben geweldig nerveus geworden. Maar hij komt met me mee. Ik probeer Rita en de anderen te vinden. Ik zie ze niet. En hij volgt me overal. Misschien wil hij me. Misschien geeft hij werkelijk om me.

Daarna wordt de avond zo lang. Ik wil alleen nog maar naar huis, maar ik moet op Rita wachten. Ze danst en praat met verschillende jongens. Ik sta bij Jenny en Emma. Ik ben mijn enthousiasme voor het feest inmiddels kwijt. Jenny en Emma praten en ik luister. Lach soms. Voel me verloren, voel me ondanks alles hier helemaal niet thuis. Ik heb Per lang geleden uit het oog verloren. Ik geloof dat hij dacht dat ik hem niet moest. Dat was ook zo.

Maar eigenlijk is het zo dat ik hem krampachtig tegen me aan wil houden en de hele nacht lang niet loslaten.

Het is laat als de disco eindelijk dichtgaat. Ik ben nuchter. Een jongen heeft Rita sterke drank gegeven. Ze ziet er meelijwekkend uit. Ik schaam me bijna. Ik moet haar naar huis helpen. We lopen langzaam de hele weg af naar haar huis. Ze geeft me haar sleutel en ik doe open, help haar met haar schoenen en sleur haar mee de trap op. Ik erger me. Hoe heeft ze het zover laten komen? Ik help haar uit haar kleren en ze kruipt haar bed in.

"Blijf alsjeblieft slapen vannacht, Marta," vraagt ze. "Blijf!"

"Nee, ik moet naar huis," zeg ik beslist.

"Je kunt bellen en zeggen dat je hier blijft."

Ik weet wel dat ik eigenlijk wil blijven, maar vanavond wil ik niet. En ik moet naar huis, anders maken papa en mama zich zorgen.

"Nee, ik vertrek," antwoord ik kortaf.

En ik loop de trap af in het vreemde huis, loop door de hal vol vreemde schoenen en jassen, de straat op. En ik sluit de deur achter me. Die mag vannacht niet open blijven. Alleen loop ik door de nacht naar huis. Het wordt lente, de wind is zoel en ik voel geen kou.

23

Ik weerstond ze allemaal, mijn lafheid, Rita's dronken verlei-
ding, mijn verlangen. Ik nam een andere weg. Ik weet niet
wat me de moed gaf, maar het gevoel werd veel te sterk, ik
werd toch gedwongen te capituleren voor mijn verlangen
naar iemand. Alleen te zijn is verschrikkelijk. Ik kon het
gewoon niet meer, nu ik dacht dat ik een uitweg zag.

Per en ik gaan vanavond naar de film. Ik was het die hem
belde. Ik zocht zijn naam op in het fotoboek van school en
zocht toen zijn nummer op in de telefoonlijst van school.

Zoveel moeite deed ik voor hem. Hij niet voor mij. Maar
nu gaan we naar de film. Ik ben al een jaar niet meer naar de
film geweest, denk ik. Ik heb hem gevraagd eerst hier te
komen zodat we samen kunnen gaan. Ik wil dat mama en
papa hem kunnen zien en het begrijpen zodat ik het hen niet
hoef te vertellen. Misschien, misschien heb ik straks iemand.

Er wordt gebeld.

Ik ga niet opendoen, dat mag iemand anders doen. Ik
hoor de voetstappen naar de deur, de deur die opengaat en
Per die zegt: "Is Marta thuis?"

Het is papa's stem die antwoordt: "Ja, zeker, wacht even."

Dus kijkt hij bij me binnen en ik sta op en probeer er
onbewogen uit te zien.

"Mannelijk bezoek," zegt papa.

In de hal staat Per. Ik word verlegen en zeg van op een

afstand dag. Het is maar het beste om meteen met hem mee te gaan. Ik trek mijn schoenen en mijn jas aan en denk dat mijn tong nu helemaal vastgeroest zit.

Papa blijft in de hal hangen. Hij vraagt me: "Waar ga je heen?"

"Naar de bioscoop," zeg ik.

Nu komt mama ook de hal in. Ze steekt haar handen uit en begroet Per en hij stelt zich voor. Nu weten ze het dus, allebei, dat het ook Marta is gelukt iemand geïnteresseerd te krijgen. Maar het is goed om te vertrekken en mama's en papa's vragende blikken achter ons te laten.

De film die we gaan bekijken is er misschien niet een die ik zelf had gekozen, maar hij is spannend. Het gaat over een paar mensen die door een paar anderen worden opgejaagd. Ik durf Per niet aan te raken, maar alleen al het feit dat hij naast me zit, voelt goed. Als we de bioscoop uitlopen, wil ik zijn hand vasthouden, maar ik vind de moed niet die te pakken.

Weer op straat kijkt hij me aan en zegt: "Zin om iets te gaan drinken?"

"Ja, kunnen we doen."

We gaan naar het dichtstbijzijnde café en gaan tegenover elkaar zitten, elk met ons kopje thee. Dit is voor het eerst dat we een echt gesprek met elkaar hebben. Hij vertelt eerst welke vakken hij op school heeft gekozen. Hij zit in het laatste jaar, dus gaat hij deze zomer van het gymnasium af. En hij is twee jaar ouder dan ik. Hij doet natuurwetenschappen, vindt wiskunde en fysica leuk. Alles waar ik geen barst van begrijp. Daarna vertelt hij over zijn familie. Hij woont bij zijn moeder en een jongere broer.

Ze hebben niets gemeen, zegt hij. Het klinkt treurig, vind ik. Hij heeft een broer, maar weet dat niet te waarderen. Per is misschien een hard mens, ook al lijkt hij niet zo. Hij klinkt alleen hard als hij het over zijn familie heeft. Hij zegt dat hij de stad uitgaat als hij klaar is op school. Maar ik luister er niet naar, ik wil het niet horen. Hij vertelt ook over zijn kameraden. Ik weet wie hij bedoelt, ik heb hem vaak genoeg op school gezien. Er is een groepje waar hij altijd bij is. Een paar jongens die echt aan elkaar hangen. Ze zitten in dezelfde klas. Ze zien elkaar ook voortdurend buiten school. Per zegt dat ik ze moet leren kennen. Ik ben bang dat ik helemaal niet in de groep zal passen, maar dat hij zegt dat ik kennis moet maken, betekent toch iets en dat maakt me blij.

Hij vraagt ook veel over mij en ik vertel over bijna alles, over Helene en hoe vreemd de verhouding met haar afliep, over Rita die zo'n goeie vriendin geworden is. Maar ik zeg niets over de liefde die ik voor haar voel. Ik vertel over mama en papa die in hun wereld leven terwijl ik in de mijne woon. En ik voel me dicht bij Per, en ik geloof dat hij die nabijheid ook voelt. Maar ik weet dat we elkaar nog niet kennen en dat ik hem absoluut nog niet als een verworvenheid mag beschouwen. En ook niet op hem mag bouwen.

24

De eerste week durven we elkaar bijna niet aan te raken en elkaar bijna niet in de ogen te kijken als we elkaar op school tegenkomen. We zijn niet zeker van elkaar. Maar later wordt het natuurlijker. Ik ontspan me en hij ook. De school heeft zoveel ogen die je bekijken en het is niet gemakkelijk als je niet weet wat je zelf moet denken en geloven. Maar er is niemand die ik moeilijker in de ogen kan kijken dan Rita. Ze is blij voor me, maar ik zie iets achter de vreugde schemeren. Misschien voelde ze dan toch iets voor me. Het ergste nog is wanneer ze zegt: "En ik die dacht dat jongens je koud lieten..."

Doen ze ook! denk ik. Tegelijk denk ik: natuurlijk voel ik er iets voor. Waarom ook niet?

Maar het is aangenaam. Al mijn ideeën dat ik vreemd en seksueel afwijkend ben, kunnen weg worden gegumd. Nu heb ik iemand en al het andere is niet meer belangrijk.

Iemand hebben. Te worden aangeraakt, lichaamscontact te mogen hebben. Wonderlijk. Plotseling ben ik bevoorrecht. Ik, die altijd alleen ben geweest, kan nu 'wij' zeggen in plaats van 'ik'. Nu zijn we een paar. Merkwaardig. Maar ik durf er niet op te rekenen, ik kan niet geloven dat hij echt veel voor me voelt. En het is alleen dat wat telt.

Ik ben vaak bij Per thuis en hij komt zelden bij mij. Ik wil van huis weg, weg uit mijn roze kamer. Een kamer vol inbeeldingen en eenzaamheid. Daar past hij niet in. Ik heb nu veel tijd in zijn kale jongenskamer doorgebracht. Hier hangt niets aan de muren. We doen eigenlijk niet echt iets samen, meestal zitten we gewoon samen te kakelen. Ik doe zo imbeciel als ik bij hem ben. Het is gewoon pijnlijk, gelukkig dat niemand ons ziet.

Soms raken we in lange discussies verzeild, en onze meningen zijn altijd compleet tegengesteld. Ik maak me druk als ik hem bepaalde dingen hoor zeggen. Ik begrijp niet hoe hij denkt. Hij is atheïstisch, hij gelooft niet dat het leven zin heeft, hij gelooft niet dat er iets aan het onrecht in de wereld kan worden gedaan.

Ik ga helemaal gloeien als we het hierover hebben en ik verbeeld me dat ik hem van zijn gedachten af moet brengen. Maar dat gaat natuurlijk niet. Na een tijdje zegt hij altijd dat we erover moeten ophouden, precies wanneer ik iets wil zeggen. Hij moet mij een moeilijk mens vinden. En eigenlijk heeft hij gelijk: het is maar het beste als we de discussies laten. Tegelijk denk ik, waar moeten we ons dan mee bezighouden, als we niet eens kunnen praten? Alleen hersenloos kakelen? Dat wordt vermoeiend op den duur, ik voel het nu al. Maar ik ga er niet dieper op in. Ik probeer mijn mening voor mezelf te houden en alleen maar wat te kletsen. Ik ben begonnen te bedenken wat ik hem zal vertellen voordat ik hem zie, zodat er niet zulke stiltes vallen.

Het beste gevoel komt toch als je iemand hebt, dat iemand je goed vastpakt. Dat iemand fysiek dicht bij je is. Dat maakt dat ik hem wil blijven zien. Dat en het feit dat ik hem nog niet ken. Ik ben nieuwsgierig en wil weten wie hij is. Ik wil meer over hem te weten komen.

Ik heb nooit jongens als vriend gehad. Dit is een unieke kans om een jongen goed te leren kennen. Het is bijzonder prettig omdat het anders is dan met meisjes. Ik vind dat al mijn vriendschappen in een kringetje zijn gaan ronddraaien en nu vastzitten. Ik denk aan wat Rita zei toen we van Göteborg terugspoorden, dat vriendschap belangrijker is dan liefde. Ik weet het niet. Is dat zo? Ik weet niet of ik in vriendschap geloof, maar ik hoop op liefde. Ik heb me altijd voorgesteld dat ik later gelukkig getrouwd zal zijn, met kinderen. Ik geloof in liefde, maar ik weet niet veel over vriendschap.

25

De anderen op school beginnen me als een normaler mens te beschouwen nu ik ook een relatie heb. Ik voel me meer zoals zij. Het gaat nu prettiger op school. We zijn in de pauzes met een grotere groep van de klas samen gaan zitten. Ik heb met klasgenoten gepraat van wie ik vroeger nauwelijks het bestaan had genoteerd. Het is fijn met een grotere groep samen te zijn dan vroeger. Wordt er niet almaar over hetzelfde gepraat als altijd.

Als de dag om is en ik met Rita door de gang loop, voel ik dat ik de hele dag nauwelijks met haar heb gepraat, en ineens mis ik haar, ook al is ze zo dicht bij me.

Buiten is het zo warm dat je er van top tot teen gelukkig van wordt. Het is een dag om met je gezicht in de zon op het gras te zitten.

"Ben je vandaag met de bus gekomen?" vraagt Rita.

"Nee, met de fiets. Hoezo?"

Rita lacht en zegt: "Zullen we dan samen ergens heen fietsen?"

Na een knersende fietstocht op zandige lentewegen houden we halt en zetten onze fietsen op slot. Voor ons ligt een strook bos waarna het landschap zich openvouwt en het vogelmeer zichtbaar wordt. Mijn voeten zinken weg in de modder op het pad dat het bos inloopt. We lopen tussen de bomen. Hier hebben ze planken op het pad gelegd omdat de grond zo zompig is. Met behulp van de planken kunnen we binnendringen in het mystieke, ontoegankelijke landschap. Ik kijk dromerig tussen de bomen langs het pad door en ik probeer me voor te stellen hoe het zou zijn om van het pad af te stappen en me tussen de bomen te begeven. Ik zou zweven, even boven de drassige grond. Ik zou een van de geesten van het bos zijn waar ik niet langer in geloof.

We lopen het bos uit en zien gras voor ons, als een wild heideveld. Het ziet er niet Zweeds uit. Verderop dringt zich water tussen het gras, en het meer spreidt zich uit. Honderden vogels verstoppen zich waar gras en water elkaar ontmoeten. We kunnen de exemplaren zien die op het water zwemmen en die welke boven de andere, zwijgend of schreeuwend, af en aan vliegen. Precies waar we stilhouden is een bord opgericht. Daarop staat dat deze plek tussen bepaalde data niet betreden mag worden en dat je stil moet zijn om het vogelleven niet te storen. We zeggen geen woord. Deze plek is als betoverd. Praten zou alles kapot maken. We hebben geen bord nodig om dat te snappen.

Het is wonderlijk om stil te zitten, middenin de gele heide en de goeie lucht in te ademen die de wind hier aanwaait. We zitten over het vogelmeer uit te kijken, keren ons gezicht naar de zon, knipperend met onze ogen. Ik leun achterover, zoek steun op mijn handen. Ik voel gras en grond onder mijn vingers. Hier buiten lijken de stad en de mensen zo ver. Per lijkt ver. En ik ben alleen met Rita en het is net als vroeger. Ik wil het echt aan de kant schuiven, niet langer op die manier aan haar te denken. Ik wil er echt overheen komen. Ik wil verliefd zijn op Per, ik wil een relatie die werkt. En toch verlang ik nog altijd zo erg naar Rita. En Per... ja, het is niet echt nodig dat ik hem eeuwig en altijd zie. Als we elkaar een week niet gezien hebben en hij zegt dat hij naar me verlangd heeft, schaam ik me en weet niet wat ik moet antwoorden, want ik heb niet aan de tijd gedacht. Mijn gevoelens voor Per zijn zo lauw. Het is alleen fijn iemand te hebben, meer is het niet. En nu zit ik hier met Rita, zoals vroeger. Ze weet niet dat er iets veranderd is. Mijn relatie met Per heeft geen grote invloed op haar gehad; ik zie haar nog even vaak als vroeger. Maar ik ben anders. Ik wil nu iets nieuws, ik verwacht iets anders. En ik ben teleurgesteld dat het niet werkt. Ik had de kans normaal te worden, maar het lukte niet. Mijn verlangens zijn zo smerig, ik walg van mezelf! Mijn begeerte, mijn fantasieën die de hele tijd naar boven komen, bederven zo'n wonderlijke ervaring als vandaag, deze gele heide, de zon, de lucht, het uitzicht.

"Waar denk je aan?" zegt Rita plotseling.

"Niets," antwoord ik snel en ontwijkend.

"Toch wel, ik weet zeker dat je ergens aan denkt."

Ik voel een samentrekkende pijn in mijn borst. Ik begrijp niet dat ik verdrietig moet zijn op zo'n mooie dag.

"Huil je?" vraagt Rita verschrikt.

"Nee. Ik voel me alleen een beetje down vandaag. Ik wil het er niet over hebben."

"Wil je een sigaret?"

En ik kijk naar haar op. "Jij rookt toch niet?"

"Nee, alleen vandaag," zegt ze lachend. "Alsjeblieft, neem er maar een."

Roken is prettig. Ook al smaakt het afschuwelijk en voel ik me om te kotsen zo misselijk, het gevoel is heerlijk. Het is iets slechts dat juist past wanneer je je rot voelt. Dan wil je iets slechts doen, iets wat je ouders niet leuk zouden vinden.

26

Afspraak met Per, word overspoeld door veel te veel. Gecontroleerd. Bekeken, de hele tijd. Aanrakingen tot ik onpasselijk word. Hij is overal. Hij is te veel. Ik moet ademen. Ik kan het niet verdragen, zijn handen overal op mijn lijf. Voel me gevangen, opgesloten, als een beest. Voel me niet op mijn plaats hier, vreemde eend. Ik moet naar huis. Ik moet nu echt naar huis, Per.

Ik zit voor mijn dagboek, maar weet niet wat ik schrijven moet. Fijn om alleen te zijn. Fijn om ruimte te hebben, ruimte rond mijn lichaam. Wat is er nu nog over? Niets. Als het enige waarvoor ik me aan hem vasthield verdwenen is, is er niets meer om voor te blijven. Ik moet Per schrijven en de toestand uitleggen. Ik weet niet hoe ik me moet uitdrukken. Ik ga op mijn bed liggen, staar de kamer in. Is het goed om te schrijven om zoiets te vertellen. Is dat niet laf? Hoe moet het met de toekomst? Naar school gaan en naar Rita verlangen? Wanneer komt er een einde aan?

Ik zou hier weg willen. Verhuizen en alles achterlaten, een nieuw leven beginnen, mijn eigen leven. Maar ik ben nog zo jong. Nauwelijks zeventien. Waar zou ik heen moeten?

27

Ik ga naar Pers huis. Ik moet durven zeggen wat moet.

In Pers kamer blijf ik zwijgen. Maar hij zegt: "Ik weet niet of dit wel werkt, Marta."

Ik verbaas me. Heeft hij hetzelfde gedacht?

"Ik voel geen weerklank bij je," gaat Per voort. "Ik denk dat ik ook niet van jou hou."

Ik weet niet wat ik moet zeggen. Maar het is goed dat hij het zegt, dan hoef ik niet. Woog hij woorden zoals 'houden van' wel af? Zelf durfde ik het woord nauwelijks in mijn dagboek te zetten. Ik schreef zinnen als: "Ik voel niets voor Per."

"Het is oké, zo voel ik het ook," zeg ik eindelijk.

Ik kan weer naar huis. Ik kan mezelf weer insluiten in mijn kamer en op het bed gaan liggen. Dat is wat ik nu moet.

En als ik lig, huil ik, want nu is er weer alleen maar ik.

28

Hoe heb ik ooit iets met Per kunnen hebben? Ik ben opgelucht dat ik hem niet langer in mijn buurt hoef. Het is vreselijk hem op school tegen te komen.

Ik begrijp mijn eigen luimen niet. Net nog dacht ik dat ik met hem niet gelukkiger kon zijn. Nu veracht ik hem. En ik veracht mezelf omdat ik mezelf zo heb bedrogen. Hoe heb ik het kunnen laten gebeuren, ook al wist ik eigenlijk dat ik niets voor hem voelde, dat het helemaal verkeerd zat. Hoe kon ik? Als ik hem op school zie, wil ik een andere weg nemen om hem niet tegen te hoeven komen. Hij lijkt dag te willen zeggen en te praten, te doen alsof alles in orde is. Natuurlijk omdat hij het is die het uit heeft gemaakt. Hij denkt natuurlijk dat ik verdriet heb, hij denkt natuurlijk dat ik alleen maar zei dat ik er net zo over dacht om niet te laten zien dat ik pijn had. En ik zeg het hem ook niet, dat ik niet verdrietig ben; dat is een beetje dwaas.

En ik ben verdrietig. Want nu voelt mijn eenzaamheid nog meer verlaten en nog leger aan dan tevoren, nu ik weet hoe het is om niet alleen te zijn. Het is niet zo dat je gewoon teruggaat en voortleeft als vroeger. Het wordt een nieuw soort eenzaamheid, met andere ervaringen, gedachten, gevoelens.

29

Rita begrijpt me niet, maar ze probeert het in elk geval. Ze vraagt me vaak of we na school samen niets willen doen. Ze wil me afleiden, me weer blij maken. En als ik haar zo'n moeite voor mij zie doen, word ik blij. Maar de walging van mezelf verdwijnt niet uit mijn hart alleen maar door ergens anders aan te denken.

"Wil je bij mij thuis komen eten? Ik kook vandaag," zegt Rita.

Ik weet niet of ik wel samen met Rita's familie wil eten, maar ik besluit dat dat in elk geval nog beter is dan naar huis te gaan. Haar ouders, broer en zus lijken echt lieve mensen, helemaal niet bedreigend. Ik bel naar huis en zeg dat ik bij Rita eet. Mama is blij voor mij. Iedereen is bang dat ik verdriet heb, het is een last bijna, je wilt toch geen zielenpootje zijn. Maar het is leuk om aandacht te krijgen.

Bij Rita thuis sta ik in de keuken en help haar met het eten. Het wordt lasagne. Ik roer in de vleessaus terwijl Rita de sla in stukjes snijdt. Overal in het huis is er familie die met luide stem praat, lacht en muziek draait. Niet zoals bij mij, daar zijn alleen stilte en tikkende klokken. Nu zwaait de buitendeur open en hoor ik stemmen in de hal.

"Mijn zus en haar girlfriend," zegt Rita tegen mij.

Moeten die juist komen als ik er ben en me aan dingen herinneren die ik hoor te vergeten? Ik wil geen lesbisch koppel zien. Maar ze komen de keuken in en staan hier voor ons en het zijn echte en vriendelijke mensen.

"Dag Rita," zeggen ze en omhelzen Rita allebei. Ik zie wie van de twee Rita's zus is; ze lijken wel wat op elkaar.

Rita zegt: "Dit is Marta, mijn schoolvriendin. En dit is mijn zus Nina en dit is Sara."

Ze zien er gewoon uit, helemaal niet lesbisch. Ze zouden om het even wie kunnen zijn. Ik had nog wel gedacht dat ze lelijk zouden zijn. Hoe kom ik toch zo dom? Het geeft helemaal geen vreemd gevoel ze hier voor me te zien staan. Ze begroeten me, maar lijken me daarna een beetje uit het oog te verliezen; ze praten alleen maar even met Rita voor ze de keuken uitlopen. Ik had verwacht dat ze iets speciaals aan me zouden zien, dat ze me zouden opmerken. Maar hoe zouden ze het moeten weten? Ik dacht dat ze misschien een zesde zintuig hadden voor mensen zoals zij. En ik denk: misschien wil ik zijn zoals zij. Ik wil gezien worden, ik wil begrip krijgen voor wat ik misschien ben. Ik wil als lesbisch gezien worden.

Dat heb ik eerder nooit gewild. Niet door Rita of door een ander. Met heteroseksuelen wil ik heteroseksueel zijn. Ik wil eigenlijk alleen maar de stroom volgen zonder op te vallen.

Ik sta in de deuropening naar de keuken en wacht tot de anderen aan tafel komen. Ik kijk binnen in de woonkamer. Daar zitten Nina en Sara, en ik doe alsof ik hen niet bekijk. Ze kussen elkaar. Ik voel me gegeneerd, maar tegelijk wil ik het graag zien. Het is mooi. Dat te zien geeft een vreemd gevoel, ik heb nooit eerder twee meisjes elkaar zien kussen.

Maar het ziet er niet fout uit, denk ik, niet 'abnormaal en afstotelijk', wat ik vroeger dacht. Het is mooi. Ik wil het ook uitproberen. Waarom niet gewoon proberen om te zien of het iets voor mij is? Of het echt wel klopt, dạt ik zo ben.

30

Op een avond belt Per. Hij wil praten. Het is verschrikkelijk, ik wil echt niet. Ik heb hem veel te dicht in mijn buurt laten komen, en ik begrijp niet hoe ik het ooit gekund heb. Ik word niet goed. Per met zijn onderdanigheid en gespeelde vriendelijkheid. Eigenlijk is hij hoekig en onbenaderbaar, droog als gort. Nu wil hij praten terwijl ik dacht dat hij er genoeg van had. Ik ben rottig tegen hem aan de telefoon. Het lukt me niet vriendelijk te zijn, ik zeg vreselijke dingen waar ik later spijt van krijg. Ik maak alleen maar stuk. Hoe kan ik hem op school nog in de ogen kijken? Hoe heb ik hem kunnen kussen? Hoe kon ik hem ooit aan mijn lichaam laten komen? Hoe kon ik zoveel uren in zijn saaie kamer zitten?

Ik zeg hem dat ik spijt heb van de hele verhouding, dat ik nooit iets voor hem gevoeld heb en dat dit de laatste keer is dat ik met hem wil spreken. Hij klinkt bedroefd, maar zegt ongeveer hetzelfde terug. Hij zegt dat ik hem gauw kwijt zal zijn, dat hij vertrekt zo gauw hij de school af heeft gemaakt. Dat hij niet denkt ooit naar deze stad terug te keren. Hij is altijd bitter geweest over zijn familie, deze stad en alles, in elk geval wel sinds we elkaar zijn gaan zien. Hoe is hij zo geworden? En ik merk dat ik ook bitter ben, net als hij. Na ons gesprek ben ik zo geëmotioneerd dat ik zit te beven. Het lukt me niet rustig te worden. Ik loop in mijn kamer op en neer en weet niet waar ik met mezelf heen moet. Ik moet iets doen. Ik moet met iemand kunnen praten.

In de telefoongids vind ik het nummer van een opvang-dienst. Ik bel, ook al trillen mijn handen van de zenuwen. Een meisje aan de lijn. Ik zeg dat ik net met mijn vorige vriendje heb gepraat en dat het een verschrikking was.

"Wat was er zo erg aan?" vraagt ze.

"Het was zo erg met hem samen te zijn. Ik voel me zo vies als ik eraan denk."

"Was je verliefd op hem?" vraagt ze.

"Nee, geen spat. Ik was gewoon wanhopig, heb de eerste het beste genomen. Ik wilde alleen maar iemand dicht bij me, maar niet hij, eigenlijk."

"Is er iemand anders?"

Hoe kon ze het raden?

"Ja," zeg ik.

Ze is stil, wacht op wat ik zeggen wil.

"Er is iemand anders, iemand uit mijn klas. Iemand die ik ken. Ik kan mijn gevoelens niet duidelijk maken, het is niet wederzijds. Alleen vriendschap."

"Is het een jongen?"

Hoe kan ze weten welke vragen ze moet stellen?

"Nee," zeg ik.

En ik begin te huilen. Ik probeer het zo te doen dat ze het door de telefoon niet hoort.

"Het moet lastig zijn om op een vriendin verliefd te zijn," zegt ze. "Het moet moeilijk zijn als je elkaar ziet."

"Ja. En ik wil niet abnormaal zijn."

"Ben je er zeker van dat het abnormaal is? Ik vind van niet. Ik vind niet dat je het moet bekijken als iets dat je moet gene-zen. Het doet niemand kwaad; je gaat met z'n tweeën uit vrije wil een verhouding aan en als je samen gelukkig bent, maakt het toch niet uit of je van hetzelfde of een ander geslacht bent!"

"Ja maar ik heb het altijd als abnormaal beschouwd. Maar dat moet misschien wel niet."

"Heb je contact met andere homo- of biseksuelen?"

Het doet pijn om haar die woorden te horen gebruiken, voor haar is het zo gemakkelijk om me bij hen onder te brengen.

"Nee," zeg ik.

"Is er een homovereniging waar je woont?"

"Weet ik niet."

"Dan kun je het beste de homo-opvangdienst bellen, daar kun je met homoseksuele jongens en meisjes praten. Zij zullen je zeker kunnen zeggen welke homoverenigingen er zijn waar je woont. Denk je dat het goed is om anderen te ontmoeten die zijn zoals jij?"

"Ik weet het niet, misschien. Ik voel me niet homoseksueel. Het gaat niet om meisjes. Het gaat alleen om Rita."

"Ja," zegt ze.

"Hebt u ooit iets voor meisjes gevoeld?" vraag ik.

"Het is me wel eens door het hoofd geschoten. Misschien zijn alle mensen biseksueel."

"Dat geloof ik niet," zeg ik. "Maar misschien wel. Dat zou goed zijn."

31

Wie kan ik in vertrouwen nemen? Ik wil nu praten. Ik heb een besluit genomen, ik wil over mijn gevoelens kunnen praten. Rita's naam niet noemen, alleen over mezelf vertellen, over wat ik misschien ben. Heb ik werkelijk een besluit genomen? Kan ik een besluit nemen als ik in de verste verte niet weet wie ik in vertrouwen moet nemen? Rita kan niet, want om haar gaat het juist. Veel te dicht op de huid. Mama? Nee, ik kan niet eens over jongens met haar praten, hoe dan over meisjes? Helene? Praten we met elkaar? Heb ik haar vertrouwen in mij niet verbruikt? Per - onmogelijk, met hem wil ik niet eens. Jenny en Emma komen niet eens in overweging. Met wie praat ik eigenlijk gewoonlijk? Met niemand, blijkt nu, nu ik echt eens praten moet. Mijn dagboek telt niet, dat is niet praten. Ik heb niemand.

De telefoon rinkelt. Behalve mezelf is er niemand thuis, dus neem ik in de keuken op. Het is Helene. Ik ben verbaasd dat het een telefoontje voor mij is, en vooral dat zij het is. Ze vraagt zich af wat er met ons tweeën is gebeurd. Ik weet niet wat ik moet antwoorden. Dan vraagt ze me of ik niet iets met haar wil gaan drinken, en dan kan ik geen nee meer zeggen.

Zo komt het dat we nu in een café tegenover elkaar zitten. Het is zaterdagmiddag en de stad loopt al een beetje leeg. Ik weet niet wat ik moet zeggen, ik die verlangde met iemand te kunnen praten. Nu krijg ik de kans en ik weet niet of ik wel durf. Helene is praatgraag. Ze vertelt een hele hoop, en het is net als vroeger toen we elkaar vaker zagen. Ik merk dat ik gemeen tegen haar ben geweest, dat ik onrechtvaardig ben geweest tegenover haar. Voor Helene is het makkelijk om de woorden eruit te laten vloeien, en het is goed om me eens geen zorgen te hoeven maken of er een stilte valt.

Ik krijg nauwelijks iets gezegd, met Het Grote Geheim op de punt van mijn tong. Ik wil het kwijt, maar durf niets anders dan het binnen te houden. Ik moet een manier vinden om eromheen te praten, om er ongemerkt over te beginnen. Dus begin ik te vertellen wat die vrouw aan de hulplijn zei, dat homoseksualiteit, dat je dat niet noodzakelijk als iets abnormaals moet zien. Ik begin erover alsof het een theoretisch onderwerp was. En Helene valt in. Ze begrijpt niet waar dat idee vandaan komt. Ze zegt dat niemand er last van heeft, dat er niets is waarvoor je ze moet verachten, maar dat ze toch echt geen kinderen kunnen krijgen, daar ligt toch de grens!

Dan vraag ik haar of ze zelf ooit heeft gedacht dat zij zo zou kunnen zijn.

"Ja, daar heb ik aan gedacht," zegt ze tot mijn verbazing. "En ik heb ontdekt dat ik het niet ben. Ik wil jongens, geen meisjes. Ik zou nooit met een meisje samen kunnen zijn."

Klinkt behoorlijk goed als antwoord. Ja, klinkt best wel goed, en het stelt me een beetje gerust, maar toch voel ik maagkrampen nu we het erover hebben. Ik krijg zulke zenuwen!

"En jij," vraagt ze, "heb jij er wel eens over nagedacht?"

De vraag die ik wilde, maar waar ik als de dood voor ben. Het maakt het me gemakkelijk om het te zeggen, maar het maakt het zo verschrikkelijk moeilijk, want nu moet ik antwoorden.

"Ja, ik heb er vaak over gedacht. Ik denk dat ik het misschien ben."

Helene kijkt eerst verwonderd, maar daarna geïnteresseerd en nieuwsgierig. "Homoseksueel? Ben je dat? Nou, ik ben nog nooit zo iemand tegengekomen. Maar, vertel... Hoe kom je zoiets te weten?"

"Ik merkte dat ik iets voor een meisje voelde."

"Maar Per dan? Hoe was het om met hem samen te zijn?"

"Hels. Ik wilde zo graag dat het lukte, maar het werkte niet. Ik voelde niets voor hem."

"Was je verliefd op een meisje toen je met hem samen was?"

"Ja..."

"Een vriendin? Iemand van school?"

Ik knik beschaamd.

"Rita," zegt Helene.

Mijn masker is gevallen. Ik kan het niet verbergen. Onbeheerst sta ik van tafel op, stamel wat, sprint weg naar het toilet.

Voor de spiegel staar ik naar mezelf, naar mijn verschrikte ogen, mijn bleke gezicht. Mijn masker is gevallen. Was het zo duidelijk? Maar ik moet terug naar buiten, naar Helene, en ik heb geen zin om haar na mijn belachelijke vlucht weer in de ogen te kijken.

Maar nu is er iemand die alles weet. Zo'n opluchting.

Wanneer ik terugga, lacht Helene me onzeker toe.

"Sorry," zegt ze. "Het was niet de bedoeling... ik heb er eigenlijk niets mee te maken."

"Geeft niet," zegt ik. "Het is goed dat je het weet. Jij bent de enige."

"Echt de enige?"

"Echt."

32

Alle angst vrij laten uitvloeien, alle pijn die al zo lang in mij opgesloten zat eruit kunnen gooien tegen slechts één persoon. Mezelf eindelijk kunnen openen. Het is goed maar het doet pijn, en de tranen zijn niet te stuiten. Ik huil stromen. Mijn verdriet ophouden lukt niet meer, het moet eruit. En dat allemaal voor de ogen van Helene, die ik eigenlijk niet zo goed ken. Ik mag haar echt graag, dat voel ik nu ze werkelijk naar me luistert. Ik vertel al mijn vreselijke gedachten zonder dat ik hoef te doen of ik stoer ben. Want ik ben zo klein en zwak, en ik schaam me dat te laten merken. En eindelijk laat ik me zien zoals ik ben. Eindelijk, eindelijk. Ik voel hoe Helene me misschien voor het eerst tot zich toelaat. We zouden dichter bij elkaar kunnen komen. Ze zou mij als lesbisch kunnen aanvaarden. En waarom ook niet? En waarom schaam ik me er zo erg over? Waarom vind ik het zo moeilijk dat afschuwelijke woord uit te spreken? Ik wil het begraven en verdringen, en tegelijk wil ik het over de daken schreeuwen zodat iedereen het weet. Ik wil mezelf niet geheim houden. Ik wil geen schaamte. Ik zou een vriendin willen hebben en er trots en natuurlijk mee omgaan. Maar ik begrijp dat er nog een lange weg af te leggen is.

33

Er komen nog drie lessen, maar ik pak mijn jas en rugzak en vertrek. Als een mier kruip ik langzaam over het grote schoolplein, op weg naar buiten, zonder iemand te hebben ingelicht. Ik hoop maar dat niemand me ziet. Of misschien wil ik wel dat iemand zag dat ook ik de regels en alles aan mijn laars kon lappen.

Ik fiets naar de stad. Een achterstraatje in. Met trillende benen doe ik de deur van het Roze Huis open en ga naar binnen. Daarbinnen is een café. Er zitten er een paar aan de tafels te drinken. Homoseksuelen. Ik betaal een kop koffie en iemand zegt tegen me: "Kom bij ons zitten!"

Ik durf ze niet aan te kijken, ze zijn immers lesbisch en misschien denken ze dat ik achter ze aan zit.

"Hoe heet je?" vraagt een van de meisjes.

"Marta. Hoe heet jij?"

"Rebecka."

We kletsen wat, ze vraagt wat ik doe en vertelt dat zij naar de hogeschool gaat. Ze is iets ouder dan ik. Ze lijken allemaal ouder te zijn dan ik. Als ik zeg dat ik pas zeventien ben, al moet mijn verjaardag nog komen, vinden ze me jong en zeggen ze dat het sterk van me was om te komen. Ten eerste omdat ik jong ben, niet iedereen weet al waar ze staan als ze zo jong zijn, en ten tweede dat ik alleen ben gekomen, want dat is niet zo eenvoudig. Ik word beschaamd en bang voor wat ze willen, ze zijn tenslotte lesbisch, misschien zijn ze op me uit.

Ik bekijk ze, de vier meisjes aan deze tafel. Ik ben verbaasd dat mijn vooroordelen tot op zekere hoogte kloppen. Twee van hen zien er als jongens uit. Grof van bouw, kort haar, mannelijke houding, mannenkleren. Echt de stereotiepen wanneer je je lesbische vrouwen voorstelt. Rebecka ziet er gewoon uit, niet bijzonder mannelijk of vrouwelijk. Het vierde meisje ziet eruit als een echte feministe, vrouwelijk en politiek. En veel van de jongens zijn vrouwelijk en truttig, al zijn er een paar die echt wel gewoon overkomen. Ik denk: stel je voor, mijn vooroordelen klopten! En tegelijk denk ik over degenen die er gewoon uitzien: stel je voor, zij zijn homoseksueel en ze zien er zo doordeweeks uit. En dan bedenk ik dat er onder de homoseksuelen ook mannen zijn, dat ik niet had gedacht dat ik met homo's in hetzelfde mandje hoor, maar dat het misschien toch zo is. Het moet voor hen hetzelfde zijn, hoewel helemaal anders. En ik ben verbaasd dat ik hen zichzelf homo hoor noemen. Voor mij is dat altijd een vies woord geweest, een scheldwoord.

Het is aangenaam praten met hen, maar ook eng. Ik moet terugkomen, maar nu wil ik alleen nog naar huis.

34

De ochtend daarop. De kunst om op een hoop onschuldige vragen te antwoorden waar ik absoluut geen antwoord op kan geven. Mijn klasgenoten willen graag weten waar ik gisteren naartoe ging. Ze weten niet dat hun vragen niet zo onschuldig zijn als ze lijken. Ik val op mijn zwijgen terug, dat komt me nu goed uit. Niet antwoorden, een waarheid achterhouden die normaal zou moeten worden uitgesproken, dat is ook liegen. Maar die gedachte schuif ik van me af. Ik gebruik mijn zwijgzaamheid als een handige uitweg die rechtvaardig lijkt. Als ik zwijg, heb ik geen onwaarheden verteld en ik heb toch wel het recht om mijn eigen zaken voor mezelf te houden.

Het maakt me niets uit dat ze niets van me weten, denk ik. Ik maak me alleen zorgen dat ik niet alles voor ze verborgen zal kunnen houden.

Dat doe ik op school, en thuis ook. Ik zwijg, trek me terug, neem af en toe een complete leugen in de mond. Die leugens redden me. Zijn ze dan verkeerd?

Zo ga ik door, en de weken rollen voorbij. Ik ga elke week naar het Roze Huis. Rebecka is er vaak en ze is blij wanneer ik kom. Soms ga ik tijdens de schooluren, soms 's avonds. Maar het is gemakkelijker om te spijbelen dan dat mijn ouders zich vragen gaan stellen. Ze willen weten waar ik ben geweest. Het is moeilijker om van hen af te komen dan van mijn klasgenoten. Meestal praat ik met Rebecka als ik erheen ga, maar ook wel met een jongen die Danne heet. Het is vreemd, dit is de eerste keer dat ik samen met een jongen gewoon mezelf kan zijn. Het is goed te weten dat hij niets meer van me wil dan vriendschap. Met Rebecka was het in het begin behoorlijk moeilijk, maar nu gaat het beter want nu besef ik dat ze een gewoon mens is, net als ik. Rebecka heeft belangstelling voor kunst en boeken. Ze praat zacht en dat klinkt zo intiem. Ze is anders dan de mensen op school. Ze is een anorakmeid. Donkerblauwe anorak, groene spijkerbroek, leren rugzak, krullerig haar in een staart. Ik vind dat ze er leuk uitziet, gezellig. Ik zie wel of ik haar kan vragen of ze iets met me wil doen buiten het café. Danne kan natuurlijk ook mee.

35

Danne is er niet bij, ik ben helemaal alleen als ik naar Rebecka ga. Ik loop als een zombie, nog in schoktoestand omdat ze me bij zich thuis heeft uitgenodigd. Mijn ouders denken dat ik naar Rita gegaan ben. Ik weet niet of ik dit een afspraakje moet noemen of samenzijn met vrienden. Ik weet het niet. Ik ben een nieuwkomer op een gebied dat ik nooit heb verkend, ik ben een ufo, een vreemdeling die de taal niet spreekt.

Rebecka maakt de deur voor me open, lacht natuurlijk en geeft me geen enkele aanwijzing over waar het hier om gaat. Ze heeft koffie en chocoladecake klaar.

We beginnen over koetjes en kalfjes, maar ze begint al snel over zichzelf. Ze heeft het over haar drie jaar durende relatie met een jongen. Ze vertelt hoe moeilijk dat was. In het begin was ze verliefd op hem, maar later wist ze steeds zekerder dat het zo niet goed zat. Maar ze gaf veel om hem en wist niet hoe ze het uit moest maken, ze kon gewoon niet. Maar toen verhuisde ze hierheen en begon aan de hogeschool, en toen was het gemakkelijker, toen er ruimte tussen hen in lag.

"En hoe zit het nu tussen jullie?"

"Ik praat niet met hem, maar soms schrijft hij. Soms schrijf ik terug."

Daarna vraagt ze mij: "Heb je ooit een vriendin gehad?"

"Nee. Jij?"

"Nee."

Ze blijft even stil. Er is zoveel waarover ik met haar zou willen praten, dingen die ik moeilijk kan uitspreken, omdat het lastig is ze te vragen. Maar ze vertelt uit zichzelf. Ze heeft altijd geweten dat ze homoseksueel is. Ze kende het woord wel niet altijd, maar ze wist altijd al dat ze een meisje en geen jongen wilde. Vreemd. Zelf had ik het tot nu toe niet geweten. Zelfs nu ben ik nog niet zeker. Ik vertel haar dat ik pas een paar maanden geleden voor het eerst iets heb gevoeld. En ik vertel dat ik verliefd werd op mijn schoolvriendin.

"Zijn jullie nog steeds vriendinnen?"

"Ja. Geen hartsvriendinnen, maar we zien elkaar wel eens. Ze weet nergens van af, hoop ik."

"Is er iemand die het wel weet?"

"Een ander meisje uit de klas. Ze weet alles. Maar zij is de enige."

"Ik heb het thuis verteld," zegt Rebecka. "Mama en papa weten het, mijn broer weet het en mijn beste vriendin. Verder niemand."

Behalve de keren in het Roze Huis is dit voor het eerst dat ik deze gedachten kan delen met iemand met dezelfde achtergrond. Plotseling voel ik me normaal, gewoon omdat we met zijn tweeën zijn, gewoon omdat ik er niet meer helemaal alleen mee zit. En wat moet ik zeggen, jazeker, ik zou graag hebben dat er iets gebeurt tussen Rebecka en mij, ik mag haar graag. Graag mogen is niet genoeg, dat weet ik. Er hangt een spanning tussen ons. Ik weet en zij weet dat de mogelijkheid bestaat. Dat we ergens aan begonnen zijn, van af het ogenblik dat ze me hier gevraagd heeft. Of heb ik het mis? Misschien wil ze alleen maar vriendschap?

We zitten op Rebecka's canapé in haar fotoalbum te kijken. Met miljoenen foto's van Rebecka en haar vrienden en haar familie. Meestal vakantiekiekjes. Rebecka zit dicht bij me en dat voelt vreemd, merkwaardig. Ik weet niet of het iets betekent. Ik verbaas me er nog steeds over dat dit me kan overkomen. Ik kan het niet verteren. Ik vraag me af wat ik wil.

Ik denk dat ik het wel wil uitproberen. Even testen, zien hoe het is.

Maar als Rebecka ophoudt met praten en voorzichtig naar me kijkt, weet ik dat ze iets bijzonders met me voor heeft, en dan word ik bang. Ik wil blijven en het laten gebeuren, en ik wil weggaan en bedanken voor de lekkere koffie.

"Misschien zien we elkaar volgende week terug?"

"Ja, graag," zeg ik.

Wat een opluchting te weten dat ik een week krijg vóór de volgende keer. Dat er nu nog niets gebeurt. Nu moet ik naar huis. Rebecka volgt me naar de hal. Als ik mijn schoenen en jas weer aan heb, blijf ik in de deur staan treuzelen, ik wil dat er nog iets meer wordt gezegd voor ik ga. Rebecka omhelst me. Ik hou haar iets langer in mijn armen. Ik ruik haar geur en voel haar zachte haar tegen mijn gezicht. En haar wangen zijn zacht en niet ruw zoals die van Per.

"Tot ziens," zeg ik en vertrek.

Ze sluit de deur achter me.

36

Als ik thuiskom, heb ik het niet meer. Met mama en papa wil ik niet praten. Ik sluit me in mijn kamer op. Maar daarbinnen voel ik me gevangen en loop maar op en neer. Ik wil slapen, maar het gaat niet, mijn gedachten tollen in mijn hoofd. Ik blijf de halve nacht wakker, praat met mezelf, schrijf hele bladzijden in mijn dagboek. Eindelijk slaap ik in. Het voelt alsof ik mijn ogen even dicht heb gehad als de wekker gaat en het tijd is om op te staan en naar school te gaan.

Ik blijf in bed liggen en voel de warmte. Ik wil in mijn nestje blijven. Maar ik voel me vreemd wakker, hoewel ik te weinig geslapen heb. Ik rek me uit in mijn bed. Wat brengt de school vandaag? Geschiedenis het eerste uur. Niet te stressig, je kunt blijven zitten en naar het verhaal van de leraar luisteren. Alsof je naar vertellingen luistert, veeleer dan naar een college.

Helene komt in school op me afgestapt om te praten. De nieuwe die Helene van me afgepakt heeft, is nergens te zien. Helene is zo veel prettiger in de omgang nu, een heel ander gevoel. Misschien omdat ze me nu een beetje beter kent. We kennen elkaar beter. Het wordt nooit een eenrichtingsgesprek. Vroeger was zij het die met me praatte, terwijl ik zweeg en muren om me heen bouwde. Ik maakte mezelf eenzaam. Ik maakte me onbenaderbaar. En nog altijd weet ik eigenlijk niet hoe ik mezelf open moet stellen. Ik weet niet hoe ik anderen moet benaderen. Ik pieker er vaak over. Ik kan zo enorm veel om mensen geven, maar ik geloof niet dat ze het doorhebben, omdat ik er nooit iets van laat blijken. En ik krijg nooit een betekenis in hun ogen omdat ze niet denken dat ik me iets aan hen gelegen laat liggen.

Maar Rebecka, ze leek zo zelfverzekerd. Of misschien niet, ik heb haar wel eens onzeker gezien, denk ik, maar desondanks durfde ze toch. Durfde ze moeilijke dingen uit te spreken.

Ik wil niet aan Rebecka denken, het lijkt of ik Rita tekortdoe. Al mijn energie gaat nu al een lange tijd helemaal naar Rita. Haar zomaar voor een ander inruilen, ik vind het lichtzinnig. Maar wat als Rebecka iets in me ziet. Ik hoop het zo!

Ik praat niet met Rita, de hele dag niet. Als de laatste les uit is, komt Rita met mij praten.

"Wat doe je op Walpurgisnacht?" vraagt ze.

"Weet niet. Ben jij iets van plan?"

"Nee, maar we kunnen misschien iets bedenken, samen. Of met een paar anderen."

37

Ik maak mezelf wijs dat ik niet tegen Rita lieg, want er is niets gebeurd. Maar wanneer zij en ik op Walpurgisnacht door de voorjaarsstraten wandelen, heb ik het gevoel mijlen van haar af te staan. Ze heeft een lange rok aan. Ik ook. Ik ben op Rita gaan lijken. Toch lijk ik de afstand die op het voetpad tussen ons ligt niet te overbruggen. Rita praat over ditjes en datjes en ik verdwaal in gedachten. Ik kan me niet genoeg concentreren om te luisteren.

"Waar denk je aan?" vraagt Rita voorzichtig, alsof ze aarzelend zoekt naar het contact dat tussen ons ontbreekt.

"Nergens," antwoord ik automatisch.

Ik doe niets om het haar gemakkelijker te maken. Hoe zou ik ook kunnen, als niets tussen ons gemakkelijk mag? Ik kan niet tegelijk openstaan voor haar en datgene op een afstand houden wat ik besloten heb dat ze niet mag weten. Ik moet het ons moeilijk maken, anders praat ik mijn mond voorbij.

"Je lijkt niet al te blij," zegt Rita. "Hoezo?"

"Ik weet niet, misschien ben ik een beetje asociaal vandaag."

"Is er iets gebeurd?" vraagt ze.

"Nee... ja... nee, nee niets."

"Ik wil niet aandringen," zegt Rita. "Zin in een sigaret?"

"Aha, ben je begonnen met roken?"

"Nee, alleen ter gelegenheid van het feest. Wil je?"

"Oké."

We lopen naar een vuur, kijken naar de vuurtongen en al de mensen. Veel jongeren rennen er stomdronken rond. We dringen ons naar voren om een goeie plek te vinden.

"Kom, dan lopen we naar het water," zegt Rita.

Het is heerlijk bij het meer. Het vuur ligt verder het strand op. We gaan bij een boom zitten, met onze rug tegen de stam. Van daaruit houden we alles in de gaten. Het is frisjes, maar je kunt zonder gevaar even stil blijven zitten.

Op dat moment zie ik Rebecka tussen de mensen. Ze is met een jongen. Is dat haar ex-vriend? Ik zie haar dichterbij komen, ik wil me voor haar verstoppen, maar dat is onmogelijk. Ineens kijken haar ogen in de mijne.

"Dag, Marta!" roept ze.

Als ze bij me is, antwoord ik stil, "dag".

"Dit is Rita," zeg ik, "en dit is Rebecka."

"Hallo, Rita," zegt Rebecka, maar ze stelt de jongen die ze bij zich heeft niet voor. Hij staat half achter haar boos naar ons te staren. Het moet haar vroegere vriendje zijn. Misschien zijn ze nog altijd samen! Ik word jaloers, voel afkeer voor de jongen, wil dat hij weggaat. Maar ze verdwijnen snel genoeg, allebei. Rebecka werpt een schuine blik op Rita, kijkt me aan, beschaamd. Misschien schaamt ze zich over de jongen, of over Rita, of over mij. Daarna zegt ze "tot ziens" en verdwijnt. Ik krijg geen hoogte van Rebecka.

Als ze weg zijn, wordt het bevreemdend stil. Ik durf Rita niet aan te kijken. En ze merkt natuurlijk wel dat er iets met me is.

"Wie was dat?"

"Rebecka."

"Hoe ken je haar?"

"Eh, ik eh... zomaar."

"Er is iets met haar."

Ik antwoord niet, zwijg haar vragen kapot en begin over iets anders.

38

"Wie had je daar bij je met Walpurgis?" vraagt Rebecka.

"Wie had jij bij je?" vraag ik.

"Was je jaloers?"

"Ja. Ben je nog altijd met hem samen?"

"Nee, 't is in het weekend uitgeraakt."

"Dus waren jullie nog samen toen ik laatst hier was?"

"Ja. En jij bent nog verliefd op je klasvriendin."

"Ja. Dat gaat nooit over. Ik moet ermee leven. Ben je verliefd op hem?"

"Nee, maar ik geef heel veel om hem. Dat gaat ook niet over. Maar al de rest is voorbij."

"Maar je hebt gelogen toen je zei dat jullie niet met elkaar praatten, alleen maar af en toe schreven."

"Eigenlijk praatten we niet met elkaar, we maakten er meestal een potje van. Maar ik loog alleen om je niet te verliezen."

"Mmm. Geeft niet. Als je niet meer liegt."

"Nee, ik lieg niet meer. Ga niet weg, alsjeblieft."

"Nee, ik blijf."

We liggen naast elkaar op het bed. Durven elkaar niet aan te raken. Bovenop het beddengoed met onze kleren aan. Ik kijk naar haar haar, haar mond, haar lichaam en haar handen. En midden in haar gezicht haar kwetsbare ogen die zijn als een pijn. Het is niet moeilijk meer om iets voor een ander dan voor Rita te voelen. Ik dacht het nooit te zullen meemaken. Maar nu kan ik het niet tegenhouden, al probeer ik het wel.

39

Deze weg, mijn leven, elke dag opstaan en leven, is zo moeilijk om op vooruit te komen. Het is als baggeren in de sneeuw. Elke stap een last. Ook al is het nu lente en is het gras weer aangegroeid. Ik ben eindelijk zeventien, eindelijk weer een jaar uit mijn tienertijd afgewerkt.

Hoe gelukkig ik ook word, niemand kan beweren dat het gemakkelijk gaat. Ik heb veel geluk gehad Rebecka te leren kennen. Maar gemakkelijk is het niet.

Rebecka wil dat we vrienden worden. We zijn op het onderwerp afgegaan en we hebben het bijna helemaal uitgepraat. Dat is al een hele stap. Rebecka is niet klaar voor een nieuwe relatie, en ik begrijp haar. Maar ik voel me zo gelukkig als ik haar zie, en onlangs toen ze een extra mooie trui aanhad, moest ik mijn adem inhouden. Ik zie haar als een vriend. En toch heb ik het gevoel dat er iets opnieuw begint. Hetzelfde liedje nog een keer. Hoeveel durf ik te voelen, met het risico dat Rebecka een nieuwe Rita wordt? Een kwelling wordt. Die ik uit mijn gedachten moet verbannen.

Op een dag belt Danne. Hij heeft me ooit om mijn telefoonnummer gevraagd, maar ik dacht helemaal niet dat hij het ooit zou gebruiken.

"Ik zou graag iets samen willen doen. Heb je tijd om nu iets te gaan drinken?" vraagt hij.

"Absoluut! Waar spreken we af?"

Ik voel me een ander mens. Een mens die door vrienden wordt opgebeld om af te spreken en iets te doen. Zo'n soort gevoel. Wat is er gebeurd? Het is alsof mijn leven tijdens de laatste weken meer veranderd is dan in mijn hele leven daarvoor. Hij snapt niet wat het voor me betekent om opgebeld te worden. Al zal ik het hem natuurlijk ook niet laten merken.

Ik zie Danne in een tearoom waar hij vaker iets komt drinken, maar ikzelf ben er nog nooit geweest. We gaan zitten. Ik hang mijn jas op de stoel, haal mijn sigaretten uit mijn jaszak en leg ze op tafel. Eerst voel ik me stijf en zenuwachtig, maar mijn zwijgzaamheid lijkt hem niet te storen. Hij praat rustig voort en kijkt af en toe in mijn ogen alsof hij weet dat ik begrijp wat hij bedoelt. Prettig. Alsof ik een goed oor heb. Hij heeft het net uitgemaakt met een jongen.

"Het is net of ik nooit meer iemand zal ontmoeten," zegt hij.

Ik weet dat het zo voelt, en ik verbaas me als ik hem dat soort gedachten zo gemakkelijk hoor toegeven. Hij vraagt ook hoe het met mij gaat. Ik vertel.

"Ik ben heel erg op Rebecka gesteld. Maar ik weet niet wat zij wil. Ik heb echt geen idee."

"Ze houdt gewoon van je!"

"Ja, misschien, maar het is net alsof er iets..."

"Mm."

Ja, Danne luistert naar me en ik naar hem. Bij hem hoef ik me niet beschaamd te voelen over mijn gevoelens.

Danne ziet er heel gewoon uit, en hij is al een eind in de twintig. Hij is heel groot, al wat haren kwijt, en hij ziet er vriendelijk en ongevaarlijk uit, onschuldig. Praten met hem gaat heel gemakkelijk, hij is niet als andere jongens die ik heb ontmoet. Hij wil graag praten over de dingen waar ik over nadenk. Dat ben ik van jongens niet gewend. Misschien komt het doordat hij ouder is, misschien omdat hij homo is.

Ik ben blij dat ik een jongen als vriend heb. Ik hoef me over Danne geen zorgen te maken, ik weet dat ik nooit iets met hem zal willen en hij niet met mij.

Er beginnen nu veel mensen in mijn leven te komen. Veel volk om me heen. Voor het eerst kan ik het aantal intimi willen beperken, ik hoef niet alles te vertellen aan iedereen die naar me wil luisteren.

Ik ben erg op Danne gesteld. Ik zou wel eens willen weten welke reacties hij zou oproepen bij me thuis, bij mijn ouders. Het zou niet werken. Hoe zou papa reageren? Hij zou zich dood generen. Mama ook, denk ik.

Ik ga verder op de al gebaande weg, ik verwijder me steeds verder van mijn ouders. Nu weten ze niet eens meer met wie ik omga. Misschien moest ik hen mijn homoseksuele vrienden laten zien, om ze aan dat soort mensen te laten wennen, voordat ik hen vertel hoe het met mij zit.

Danne en ik ontmoeten elkaar in het café en we praten terwijl hij sigaretten opsteekt en uitduwt, opsteekt en uitduwt. Hij maakt me niet bang. Toch moeten we elkaar nooit bij elkaar thuis opzoeken, dat weet ik gewoon. Soms belt hij me, wil hij iets gaan drinken. Tot nu toe ben ik het altijd geweest die de telefoon opnam als hij belde. Ik vraag me af wat ik mijn ouders zal vertellen wanneer zij opnemen. Ze geloven vast dat hij een oogje op me heeft.

40

Het is nu zomer, al is het schooljaar nog niet afgelopen.

Midden op de dag hangt de zon vlak boven de stad, als een soldeerlamp. Ik moet mijn jas uittrekken en overal om me heen trillen lichtgroene bladeren. Ik weet niet wanneer ze zijn uitgebot. Ineens waren ze er gewoon. De zomer spreidt zich uit met paardebloemen en hitte en ik weet niet goed wat ik met mezelf aan moet. Soms krijg ik het idee dat de blauwe hemel met de donzige witte wolken alleen maar een beeld is daarboven, iets waar ik verder niets aan heb. Het ziet er veel te volmaakt uit. Ik kan even een eindje omlopen, maar meestal zit ik binnen. Wat moet ik nu, voor de vakantie, met de zomer doen?

Op dat moment belt Rebecka en zegt: "We gaan de stad uit, Marta! Zin?"

Ik wil wel, maar ik kan niet.

"Ik moet naar school. Binnenkort heb ik drie proefwerken."

"Naar de hel met de school!"

"Ik heb al zo vaak gespijbeld. Ik weet niet of ik kan. Waar gaan we heen?"

"Waar je maar wilt. Ik krijg de auto van mijn ouders. We kunnen een stadje bezoeken en in de jeugdherberg of in de auto slapen. Alsjeblieft, ik zou het zo leuk vinden als je mee kon."

Ik wil een kans om samen met Rebecka te zijn echt niet laten schieten. En als ze het me zo vraagt, kan ik geen nee zeggen. Laat het met de school dan maar gaan zoals het wil!

"Oké," zeg ik.

Thuis probeer ik het zo te brengen dat mama niet op het idee kan komen om nee te zeggen.

"Mama, ik neem even vrij van school om op reis te gaan."

"Waar wil je heen? Heb je niet veel te doen op school dan?"

"Nee, en het is nu zo lang licht. Ik neem een paar boeken met me mee."

"Maar waar wil je heen?"

"Een vriendin en ik willen wat in Zweden rondtoeren, met haar auto. Alles is zo mooi deze tijd van het jaar. Het kon alleen nu."

"Met wie? Rita?"

"Nee, Rebecka."

"Ah zo. Iemand uit je klas?"

"Nee."

"Van je school?"

"Mm. Morgen vertrekken we. We blijven een paar dagen weg."

"Als je maar niet denkt dat het mag! Ik weet niet eens wie ze is."

Daarop breekt de oorlog uit. Ik schreeuw tegen mama, en daarna wordt ze helemaal onmogelijk. Ik had tactischer moeten zijn. Ik heb me zo onbeschoft gedragen, ben gaan tieren en brullen, dat het nu uitgesloten is dat ik mag vertrekken.

Mama antwoordt niet eens, ze snijdt elk gesprek de pas af, maakt mijn geschreeuw belachelijk. Je kunt tenslotte niet tegen de muren schreeuwen. Ik word razend. Ik weet niet wat ik moet. Ik loop mijn kamer in en klap mijn deur dicht. Daar voel ik de pijn in mijn keel omdat ik zo gebruld heb.

Ik bel Rebecka. Een paar uur later. Ik ben kalmer, maar verdrietig.

"Ik kan niet. Ik mag niet, mama zegt nee."

"Waarom? Weet ze het?"

"Nee, ik mag niet, juist omdat ze niet weet met wie ik ga, en omdat het midden in de week is. Volgens haar mag je geen enkele schooldag overslaan. Ze begrijpt niet dat ik mijn eigen beslissingen kan nemen. Natuurlijk moet ik het later inhalen. Bovendien is mijn diploma zo goed als binnen."

"Nee, maar ze heeft gelijk. Het is dom om midden in de week te vertrekken. En misschien moet ik me even komen voorstellen. Denk je niet?"

"Wat zul jij doen? Wil je toch vertrekken?"

"Nee. Dat kunnen we later nog. Dit weekend kan ik niet, maar volgend weekend misschien? Past dat voor jou?"

"Ja. Dan zijn de proefwerken ook achter de rug. Misschien kun je voor die tijd een keer een avondje langskomen. Wil je?"

"Ja."

41

Het is zaterdag en om negen uur 's ochtends spring ik in
Rebecka's auto. Ik gluur naar Rebecka en weet niet goed wat
ik moet zeggen. Ze start de motor en zet koers naar de auto-
weg. Cool om zelf auto te kunnen rijden, zonder volwassenen
erbij! Dat ik nu zo oud ben dat iemand van bijna mijn leeftijd
auto kan rijden! Weldra zijn we op het platteland. De velden
zijn bruin en groen. De hemel boven ons is als een reuzen-
koepel. De radio staat aan en we praten wat. Rebecka is bij
me thuis geweest, ze is blijven eten. Mama en papa praatten
vrolijk met haar. Ze vermoedden niets. Maar zagen ze iets
aan mij?

Ik ben niet als gewoonlijk. Ik ben me bewust van elke beweging die ze maakt. Als ze naar me kijkt, voel ik het in me. Ik
weet dat er iets meer achter zit, geen twijfel aan. Toch durf ik
niets te ondernemen, ik weet niet hoe ze het wil. Dan is haar
blik gewoon niet te verdragen. Ik mag niet, ik mag niets voelen. Op zulke momenten moet ik ergens anders naar kijken,
draagt mijn stem niet als ik moet praten. Het enige wat ik
voortbreng is een krassend gefluister. Ik leun achterover in
de stoel en kijk uit over de velden. Een reis. Ik hoop veel te
veel. Zij doet me hopen.

We houden halt en stappen uit. We zijn in een stad die nieuw
is voor ons twee. De hele dag lopen we rond, kijken naar het
water dat door de stad heen stroomt, naar de huizen, bomen,

winkels. Rebecka trakteert me op een Mongools etentje. Met Rebecka kan ik heel makkelijk praten, ze geef me geen angstig of bevreemdend gevoel. Het is makkelijk voor me om bij haar te zijn. Ze heeft veel te zeggen en ze luistert ook naar me. Ze moet toch zien hoe ik naar haar kijk. Ik voel hoe belachelijk mijn glimlach wordt. Zo'n verschil met Rita. Ik denk echt dat Rita nooit heeft gesnapt hoe ik naar haar opkeek, wat ik voor haar voelde. Maar voor Rebecka kan ik het niet verborgen houden, ook al doe ik mijn uiterste best toch een beetje neutraal te blijven en het met mijn gezichtsuitdrukkingen en mijn lichaamstaal niet helemaal uit te schreeuwen.

We brengen samen een fijne dag door, zonder dat Rebecka me ook maar een keer heeft aangestoten of een initiatief heeft genomen dichter naar me toe te komen. Ik geniet van haar aanwezigheid, maar ze maakt me ook nerveus en onzeker. Wat wil ze eigenlijk? En wat wil ik?

Die avond rijden we naar de jeugdherberg iets buiten de stad. Er zijn niet veel gasten. We zijn alleen, in een kamer voor vier. We zitten op haar bed. Ze haalt een fles sterke drank tevoorschijn die ze had meegebracht. Het is zoet en het brandt in mijn keel, stijgt onmiddellijk naar mijn hoofd. Ze maakt grapjes en ze lacht en maakt me ook aan het lachen. Ik verlang naar haar mond, maar durf geen initiatief te nemen. Zo blijven we even zitten, we praten en drinken likeur uit plastic bekers. Onze ogen worden zwaar, maar ik wil niet dat er een einde aan komt.

"Gaan we naar bed?" vraagt Rebecka.

Ik voel me teleurgesteld, want de kans is verkeken, denk ik.

"Goed," zeg ik.

We lopen samen naar de badkamer. Mijn hoofd voelt wat duizelig. Ik schaam me ineens voor haar en was me zo snel als ik kan. Rebecka staat daar in haar beha haar tanden al pratend uitgebreid en grondig te poetsen. Ik trek een T-shirt aan om in te slapen en zeg: "Ik ga nu."

Even later komt ze ook, in een nachthemd. Haar haar hangt los als een enorme waaier. Ze gaat op haar bed zitten.

"Vind je ons goeie maatjes?" vraagt ze.

"Jawel. Ik hoef geen angst voor je te hebben," zeg ik.

"Vind je het goed zo?"

"Goed zo?"

Ik wil er zeker van zijn dat ik begrijp wat ze bedoelt. Ze kijkt me onderzoekend aan.

"Nee," zeg ik stil en durf haar niet meer aan te kijken. En nu draait alles pas werkelijk om me heen en mijn hart klopt zo luid dat ik me afvraag of de wereld nu niet vergaat en wat er nu gebeurt.

Rebecka staat op en loopt naar mijn bed. Ze kijkt me vragend aan en ik ben doodernstig en doodsbang. Ze kruipt onder mijn deken. Ze ligt dicht bij me, haar lichaam tegen het mijne. We pakken elkaar onhandig vast. Ze kust me, eerst op mijn hals, daarna op mijn wangen, ten slotte op mijn mond. Eindelijk. Haar mond is zo zacht. Het is een vreemd, ongewoon gevoel. Kunnen meisjes elkaar echt kussen? Dit valt niet in te passen in wat ik altijd heb geleerd. Ik ben zo bedwelmd dat ik niet helder kan denken. Ik huil, want ik geloofde nooit dat dit me kon overkomen. Ik neem haar in mijn armen met alle spanning die er tussen ons hangt. Dit hier kan gewoon niet. En toch voelt het niet aan als gevaarlijk en onmogelijk, het is spannend maar simpel, want nu is er toch niemand die zo dicht bij me staat als zij.

We liggen lang naar elkaar te kijken. Haar gezicht en mijn gezicht tegenover elkaar op het kussen. Ik strijk haar haren weg, geniet ervan dat ik haar aan durf te raken. En hoewel we elkaar zo nabij zijn, zeggen we bijna niets. Wat kunnen we ook? Tegelijk is er zoveel dat ik haar wil vertellen, maar ik weet niet hoe ik het gezegd moet krijgen. Zo langzaamaan vallen onze ogen dicht en slaap ik in; ik voel nog haar adem tegen mijn gezicht.

Als we 's ochtends wakker worden, schamen we ons een beetje voor elkaar. Rebecka's slaperige gezicht, mijn ragebolkop. Maar nu is het niet moeilijk meer om te zeggen: "Ik hou van je, Rebecka."

Ze glimlacht en zegt: "Ik hou ook van jou."

Al die dwaalwegen. Ik zet alles in op de vrouw die ik nu eindelijk gevonden heb.

42

Maandagochtend in de klas, helemaal aan het eind van het laatste semester. De leraar komt de klas in.

Hoe durft hij daar te staan, voor de hele klas, zo zelfverzekerd met pretlichtjes in zijn ogen? Hij veegt het bord schoon. Het krijt stuift weg. Ik verlang er voortdurend naar daar vooraan te staan en een pijpje krijt pakken en verstandige dingen in een slordig handschrift op het bord kladden. Zo goed onderlegd te zijn, iets door te geven te hebben, op alle vragen kunnen antwoorden. Misschien wil ik lerares worden, maar dat durf ik wel niet.

De leraar begint te praten. Wat hij op het bord schrijft, noteer ik, maar ik luister niet. Ik probeer deze losse hulpwoorden tot iets begrijpelijks samen te voegen terwijl ik aan iets anders denk. Ik kan me niet concentreren. Mijn gedachten willen weg. Zoveel dringt mijn hoofd binnen. Rita zit naast me en ik wil niet aan haar denken. Ik probeer haar uit mijn gedachten te verdringen, maar ik kan niet verhinderen dat ze me beïnvloedt. Rita draait zich af en toe naar me toe om commentaar te geven op wat de leraar zegt, en ik kan niet antwoorden, precies omdat ik niet luisterde. Ik zou willen dat het schooljaar afgelopen was. Om hieraan te ontsnappen, van Rita af te komen. Sinds enige tijd erger ik me aan haar.

Nog maar twee weken voor de zomervakantie. Einde van de vierde klas. Straks heb ik twee derde van het gymnasium af. Het gaat zo snel. De klas wil een feest organiseren. Ik wil iets leuks met ze doen en tegelijk ben ik bang voor een pijnlijke zuippartij. Ik pas er niet bij, maar ik voel me licht en opgeruimd en wil samen met de klas vieren, waar ik ondanks alles echt wel veel voor voel. Had ik het niet gedacht. Ik heb mezelf hier al zo vaak weg gewenst, ik heb ook vaak gespijbeld de laatste tijd. En nu, kort voor de zomer, word ik twee kanten opgetrokken. Vreselijk.

Ik tel ongeduldig de dagen en tegelijk wil ik niet dat dit eindigt. Zie ik Rita tijdens de zomer? En Helene? Jenny en Emma zullen wel niet meer te bespeuren zijn. Ik wil nu moediger zijn dan vroeger, vaker contact opnemen, meer op de voorgrond treden en mijn houding tegenover mijn vrienden veranderen. Ik heb hen alles laten beslissen, en dat heeft me geen enkele bewegingsruimte gelaten terwijl ik hen meer gaf dan ze wilden. Ze kregen een te grote verantwoordelijkheid voor de relatie. Ik moet meer geven. Misschien valt het te leren. Ik zou op cursus moeten, maar dat soort cursussen zullen wel niet bestaan. Toch heb ik Rebecka. Ik heb iemand, ook al ben ik bang, verschrikkelijk bezorgd over de toekomst.

De leraar kijkt naar me, ziet dat ik niet aan het luisteren ben. Ik zal er wel compleet afwezig bijzitten. Hij lacht me toe, ik denk dat hij me wel ziet zitten. Het maakt geen verschil of ik zit te dromen en de les mis. Ik zie eruit als een blokkertje, dus vergeven de leraren al mijn tekorten. Komt me heel goed uit. Mijn diploma laat me in elk geval niet koud, en dat merken ze wel.

103

43

Na school ga ik naar Rebecka. Ik bel aan en zij doet open en omhelst me.

"Hallo," zegt ze. "Ik verwachtte je."

"Wat heb je vandaag gedaan?" vraag ik.

"Ik heb gelezen, bijna een heel boek, er zijn nog maar twintig bladzijden over. Heb je honger?"

"Een beetje wel."

"Dan zet ik koffie."

Ik loop de flat rond terwijl ze het koffiezetapparaat aanzet. Dat begint gezellig te pruttelen, het fijne geluid van koffie 's middags. Ik geniet ervan bij haar te zijn, dat ze weet dat ik koffie wil zonder het te hoeven vragen.

We drinken koffie en eten een boterham en luisteren naar muziek. Rebecka koopt af en toe een nieuwe cd. Ik begrijp niet hoe ze erachter komt welke nieuwe muziek goed is. Zoveel te beter voor mij, zo kan ik een hoop muziek beluisteren zonder de moeite te hoeven doen ernaar te zoeken. Ze luistert vaak naar oude en nieuwe jazz. Ook andere muziek. We drinken de koffie zittend op haar canapé en ze vlecht haar haar terwijl ik haar gelaatstrekken en hals, haar trui, haar gestreepte broek, haar door haar kleren verborgen lichaam bekijk. Ik buig me naar haar borst. Mijn hart gaat uit naar haar, zo erg.

Ze heeft een stapel boeken die ze voor haar eindexamen

moet lezen, maar ze leest ze wanneer ik op school zit. Ze
heeft niet zoveel lesuren op de hogeschool. Rebecka zal deze
zomer in de fabriek werken.

Ik heb de hele zomer lang niets te doen.

We zijn bijna altijd bij elkaar, Rebecka en ik. Ben ik niet bij
haar thuis, zit ze wel bij mij. Meestal zitten we bij haar. Maar
we hebben ook al op mijn kamer gezeten, achter een geslo-
ten deur, op het bed liggen praten en grapjes vertellen en
elkaar kietelen en giechelen en huilen. Mama en papa weten
het nog niet, maar ze begrijpen het vanzelf wel. Mijn kamer
is anders nu, niet langer vervuld van eenzaamheid en dromen
zoals vroeger, maar een van onze toevluchtsoorden.

44

Ik overleg bij mezelf hoe goed ik Rebecka ken. Ik vertrouw haar blindelings. Ze zou me nooit kwetsen. Dat weet ik in elk geval zeker. Ik denk voortdurend aan haar. Als ik buiten alleen op de fiets zit, denk ik aan dingen die ze gezegd heeft, de dingen die ik heb geantwoord, de dingen die we samen hebben gedaan. Ik ga vaak alleen fietsen, want ik heb behoefte aan denken. Dit keert mijn wereld ondersteboven. Het wil zeggen dat ik werkelijk lesbisch ben. Ik zit in mijn eentje op een grote steen aan de rand van een bos waar ik vaker voorbij fiets, en ik denk: dit deugt niet. Nu rij ik naar Rebecka thuis. Wat doe ik hier in godsnaam? Hier in mijn uppie zitten terwijl ik bij haar kan zijn?

Ik ren haar trap op. Als ze opendoet en niet blij is me te zien, schroeft angst mijn keel dicht en weet ik dat er iets verkeerd zit. Ze heeft bezoek.

"Dag," zeg ik zacht. Ik wou dat ik me kon omdraaien en meteen weer verdwijnen. Maar ik blijf.

"Dag, Marta!" roept ze luid, ook al staan we vlakbij elkaar. Daarop trekt ze me de flat in waar ik haar ex-vriend op de canapé zie zitten. Rebecka gaat voor zijn ogen aan me hangen, en ik besef dat ze hem iets wil bewijzen. Ik voel me dwaas, stijf als een plank. Ik krijg geen woord over mijn lippen, voel me gebruikt op een manier die ik verafschuw.

"Zozo, daar is het vrouwtje!" zegt die onuitstaanbare kerel

op de canapé. "Nou, gaan jullie nog flikflooien, of hoe zit dat?"

En daarop: "Ze is nog een jonkie. Aan de pedofilie, Rebecka?"

"Wil je dan nu gaan?" sist Rebecka.

"Ja zeker, ik ga al," zegt hij met een honende grijns.

Hij neemt er zijn tijd voor, geeft nog een paar neerbuigende commentaren ten beste, maar eindelijk verdwijnt hij. Wat wilde hij bereiken? Lustmoord op een vroegere relatie? Als Rebecka de deur heeft dichtgeklapt, stel ik de vraag waar ik het antwoord al op weet: "Was dat je vriendje?"

"Mijn ex-vriendje, ja!"

"Sorry, maar doet hij altijd zo?"

"Daar moet jij je niet mee bemoeien," zegt Rebecka. Ik zie een ingehouden razernij.

Hoe kan ze boos zijn op mij? Ik heb niets gedaan. Ik doe moeite om niet bang te worden, het gaat wel over. Eigenlijk is ze alleen maar boos op hem.

"Blijven jullie dan nog in contact, of...?" vraag ik voorzichtig.

"Wat kom jij hier eigenlijk doen? Heb ik je soms gevraagd?" krijst Rebecka. Ik herken haar niet meer.

Ik deins achteruit. Ik had nooit gedacht dat ze zo tegen mij kon zijn. En wat deed hij hier? Raakt ze dan niet van hem af?

Ik krijg zo'n paranoïde gevoel. En toch ben ik verlamd naar buiten toe. Ik voel me gekwetst en dat ontsteekt een woede in me.

"Oké, dan ga ik. Tot ziens," zeg ik verbeten.

"Sorry, zo had ik het niet bedoeld. Je hoeft niet te gaan,"

zegt Rebecka plotseling met sussende stem.

Dit soort gemoedsschommelingen kan ik niet verteren.

"Nee, deze shit neem ik niet."

"Goed, ga dan maar!" roept ze me achterna terwijl ik de schallende trappen afren.

Ik fiets er snel weg. Naar huis. En ik huil, ik huil, ik huil, want nu weet ik niet of ik Rebecka, of ik mijn eigen vriendin, kan vertrouwen.

45

Ik ben anders nu, dat weet ik. Rita vraagt wat er met me is. Ze ziet dat er iets gebeurd is. Dat ik haar niet langer overal met bewondering in mijn ogen volg. Het stoort haar. Ik kan het niet helpen. Alles gaat aan me voorbij. De school en alle mensen. Ik heb geen energie voor hen over, want alles gaat naar Rebecka. Mama en papa zijn alleen maar obstakels voor het leven. Ik ga elke dag naar school, maar ik ben er niet echt. Ik studeer rusteloos voor de laatste proefwerken, maar neem niets in me op.

Rita is begonnen met roken. We staan buiten tijdens de pauze en zij staat te roken alsof ze nooit iets anders heeft gedaan. Ik vind het dwaas om er zo ineens mee te beginnen. Maar natuurlijk, iedereen die rookt begint er op een bepaald moment wel aan. En ze ziet er cool uit. Maar ik denk er niet aan met roken te beginnen, ik zou maar een modderfiguur slaan.

De leraren gaan binnenkort de cijfers geven. De meesten praten er eerst met ons elk afzonderlijk over. Vandaag, tijdens de geschiedenisles, zit de leraar voor de klas in de gang. We worden een voor een naar buiten geroepen om ons rapport te halen. Onder het wachten zitten we in de klas te praten. Dit zijn de laatste weken op school, dat is duidelijk te merken. Een fijn gevoel, iedereen is opgetogen. Als het mijn beurt is om naar buiten te gaan, word ik zenuwachtig. Ik wil zo graag een goed cijfer, maar ik voel dat ik het dit semester niet zo goed heb gedaan. Daar staat de leraar met zijn groene notaboek naar mijn naam te zoeken.

"Ja, Marta," zegt de leraar. "Ik denk dat je heel wat in je mars hebt als je er je gewicht tegenaan gooit. Jij bent iemand die denkt, dat is duidelijk. Maar soms lijkt het of je je ergens anders bevindt."

"Ja," zeg ik.

"Ook dit semester wordt het een 6. Je moet er echt aan werken. Je kunt beter, denk ik. Je bent er vaker niet geweest. Is er iets mis thuis?"

"Nee! Nee!"

"Het is niet je gewoonte."

Ja, wat moet ik daarop zeggen?

"Ik heb vaak hoofdpijn gehad."

Hij gelooft me niet, dat is goed te merken. Ik vind het niet prettig dat ik er ineens zo eentje ben dat niet vertrouwd wordt. Ik kan mijn status als goede leerling snel weer kwijt zijn als ik niets onderneem.

"Je mag in de herfst terugkomen. Alles ligt voor je open, als je maar wil."

Ik ben verbaasd. Het lijkt of hij zich om me bekommert. Maakt het zoveel voor hem uit? Ik ben verheugd, misschien mag hij me wel graag! Als de leraar om me geeft, is het de moeite waard om meer te gaan blokken.

46

Na lang zwijgen belt Rebecka.

"Sorry, sorry, sorry," fluistert ze in de hoorn.

"Wat is er eigenlijk met je?" zeg ik hard.

"Er is iets wat ik moet vertellen. Ik heb je niets willen zeggen," zegt Rebecka. Haar stem komt kleintjes en bang.

Ik word razend kwaad en doodsbang tegelijk. Een affaire. Nog altijd een relatie met 'de ex', dat is wat ik denk.

Ze zegt: "Ik ben niet superstabiel, weet je, Marta. Ik ben al een paar jaar in therapie. Ik wilde niet dat je me als een psychisch geval zag. Ik ben lang geleden in de psychiatrie opgenomen geweest. Nu wil je me natuurlijk niet meer."

"Natuurlijk wel. Nu is het te laat om mijn gevoelens terug te trekken."

"Je houdt het niet met me uit!"

"Toch wel, lukt me wel."

"Laat je me dan niet stikken?"

"Nee, nooit."

Als we hebben opgehangen, zie ik mezelf voor me als een liefdeshongerig kuiken. Bek open, alles is welkom. Hongerziek. Maar ik word een nieuw gevoel van tevredenheid gewaar, nu ken ik Rebecka veel beter.

47

Het is de avond na de laatste schooldag en ik zit in Emma's tuin. Iedereen is er. Het is vreemd ze na school te zien, in andere kleren, duizelig van de drank. Vandaag was de laatste van de laatste dagen. Vandaag begint de zomervakantie. Ik heb niet gedronken, en toch voel ik me beneveld. Het lijkt of ik in een poëtische, romantische, onschuldige werkelijkheid baad. Niets kost moeite. Ik kan alles aan, ken geen angst. Ik kan om alles lachen. Ik die zo moeilijk lach. Ik die altijd zo oersaai en ernstig, introvert ben. Ik zit met Emma en Helene en een paar jongens te praten. Rita zit in een andere groep. Ik denk dat Rita me nu wil laten gaan. Haar vermoedens zijn sterk, al weet ze helemaal niets. Als ik haar niet bel, zal ik haar de hele zomer lang niet horen, dat voel ik duidelijk. Het is bijzonder fijn om met Emma, Helene en de jongens te kletsen. Ik amuseer me en zou daar tot in de eeuwigheid kunnen blijven zitten.

Na een paar uur wil iedereen vertrekken. Ze willen naar de grote disco in de stad. Zonder nadenken ga ik met hen mee. Prettig de benen even te strekken na een paar uur stilzitten op tuinstoelen. Ik loop mee met Helene en een jongen die John heet. Ik ben niet terughoudend, maar ik praat en lach, en ik zie dat hij me op een andere manier bekijkt dan gewoonlijk. Hij ziet me. Hij praat rechtstreeks tegen me, kijkt me aan als hij praat en wacht op een antwoord. Misschien is hij mij tot nu toe ook niet zo opgevallen. Nu ik erbij stilsta, hij ziet er goed uit. Maar het is het beste om nu maar niet te veel te denken, daar word ik alleen maar zenuwachtig van, en het is zo leuk dat ik voor een avond van alle wanen bevrijd ben. Over een heleboel dingen zegt hij wat ik denk, hij zegt het brutaal, zonder verpinken, zonder zich er ook maar een beetje over te schamen, lijkt het. Daar hou ik van. Stel je voor, zo recht voor zijn raap brutaal kunnen zijn zonder dat het slecht overkomt. In zo'n geval ben je niet brutaal, alleen maar eerlijk en spontaan.

Ik denk dat de mensen het fijn vinden als je zegt wat je echt denkt in plaats van niet te durven en dingen te vertellen die niets zeggen, alleen om niet te veel te hebben gezegd. Ik durf bijna nooit. Ik zou wat brutaler moeten worden. Maar dan zou ik te veel schuldgevoelens krijgen. En misschien hangt het wel van je persoon af of anderen je waarderen omdat je zegt wat je denkt.

Er lopen massa's mensen in de stad, iedereen die zijn laatste schooldag had, gaat uit. We lopen in een langgerekt klad en als we bij de disco aankomen, gaat iedereen in de rij staan. Ik voel me slecht op mijn gemak. Ik wil niet.

"Ik denk niet dat ik meega," zeg ik.

John en Helene zeggen: "Natuurlijk ga je mee!"

Maar ik voel me niet langer veilig. Ik wil daar niet naar binnen om te ontdekken dat ze me allemaal voor de dansvloer laten staan en dat ik ergens alleen aan een tafeltje moet blijven zitten. Want vandaag kan ik niet dansen. Mijn lichaam werd sloom en onbeholpen, net deze laatste minuten. Zo lang mocht mijn gevoel van lichtheid duren, mijn overtuiging dat ik kon doen wat ik maar wilde. Het was duidelijk alleen maar een gevoel, geen werkelijkheid. Ik mocht het voelen zolang we alleen maar daar zaten, daar op de tuin-stoelen bij Emma.

"Nee, ik moet nu naar huis," zeg ik beslist. "Tot later."

En ze protesteren niet meer, en ik draai me om en vertrek, alleen tussen de krioelende massa. Ik moet langs iedereen van school, iedereen die ik herken maar niet echt ken, en zij her-kennen mij, het treurige, eenzame meisje dat altijd langs de muren sluipt. Maar ik laat me niet kisten. Want ik ben hele-maal niet eenzaam. Dat weten zij niet, maar ik weet het wel. Ik heb iemand.

48

De zomer is een lange tijd van vrijheid, niets te doen hebben, nergens heen te gaan. Ik ben vaak alleen thuis. Mama en papa zijn aan het werk. Soms loop ik naar het park om op een bank te zitten lezen. Rebecka werkt. Als ik haar was, zou ik minder werk aannemen en vaker bij mij zijn. Maar voor haar komt het werk eerst. Ze brengt niet zoveel tijd met me door. Soms mag ik overdag in haar flat wanneer ze werkt. Ik doe de vaat voor haar en wacht tot ze thuiskomt. In elk geval blijven er veel avonden samen over. Ik vind het fijn samen met Rebecka, want ze ziet er verlegen uit en ze praat zo zacht dat je haar nauwelijks verstaat, maar toch is zij het die het meeste praat en het vaakst beslist wat we zullen doen. Het is alsof we dansen en zij leidt. En ik volg, bijna zonder te merken dat ik dat doe.

Haar ex-vriend heb ik niet meer gezien en ik durf haar niet te vragen of ze het definitief uit heeft gemaakt. Maar dat lijkt wel zo. De hele zomer lang ben ik bij haar en ik krijg er nooit genoeg van. Ik krijg nooit te veel van haar, maar zij heeft er duidelijk geen problemen mee om mij achter te laten voor haar werk, om geld te verdienen. En als ik alleen ben, word ik verteerd door een gevoel van treurigheid. Vroeger kon ik genieten van het alleenzijn. Nu lukt dat niet langer.

Ik heb Rita gebeld, maar het is zo vreemd om met haar te praten nu ze niets over mij en Rebecka afweet. Rita is van me weggegleden. Ik weet niet hoe ik het had kunnen vermijden.

Ik heb het niet gewild.

Het is goed dat Per niet langer in de stad is. Daar hoef ik hem tenminste niet tegen het lijf te lopen. Hij moet nu wel vertrokken zijn, gebrand als hij erop was dit deel van de wereld achter zich te laten. Ik ergerde me kapot aan zijn neerbuigende toon toen hij het zei. Alsof je een ezel moest zijn om te willen blijven. Niet dat ik weet of ik dat wil, maar in deze stad heb ik mijn hele leven toch gewoond. Ik weet niet of ik me elders thuis zou kunnen voelen.

Ik ben blij dat ik Rebecka heb, maar nu is er ook echt wel iets waar ik me zorgen over kan maken. Door haar stemmingswisselingen moet ik soms echt op mijn tenen lopen om de vulkaan niet uit te doen barsten. En het is moeilijk om vooruit te kijken. Hoe zullen we dan leven? Wat brengt de toekomst? Hoe zal het voelen om volgende herfst de school weer op te pakken? Ik heb nog twee jaar op het gymnasium te gaan en ik weet niet of ik het tegen iemand op school kan zeggen, dat we samen zijn. Voor de vakantie dacht ik nooit verder dan het einde van de zomer. Eerst vond ik die zo eindeloos lang, maar nu begin ik in te zien dat dat niet zo is.

"Hoe zal het zijn in de herfst, denk je?" vraag ik aan Rebecka.

"Ik weet niet hoe het in de herfst wordt. Weet je, ik heb in de lente me ook voor cursussen kandidaat gesteld, voordat ik je leerde kennen."

"Ja?"

"Ik heb hier gezocht, maar ook op andere plekken. Ik weet niet waar ik terechtkom. Ik heb ook gekandideerd voor een paar programma's lerarenopleiding. Het zou... heel goed voor me zijn om een volledige opleiding te volgen en niet hier en daar een cursus."

"Dus ga je hier misschien weg?"

"Ja."

"Waar heb je je kandidatuur gesteld?"

"In Uppsala, Stockholm, Linköping en Lund."

Ik voel me zo teleurgesteld. Waarom heeft ze dat niet eerder gezegd?

"Verdrietig?"

Ik knik. Ik kijk niet in haar ogen, kijk naar de grond, kijk weg. Ze probeert mijn blik te vangen. Ze neemt me in haar armen, kust mijn wangen. Ik kijk haar niet aan, maar ik huil en ik laat haar me bemoederen en me proberen te troosten.

Misschien blijft ze, misschien niet. Het stoort haar niet dat ze elders zoekt, ook al heeft ze mij. Ik wou dat ze iets voor me over kon hebben. Al is het duidelijk dat het te veel gevraagd is dat ze de opleiding die ze het liefste zou hebben, opgeeft voor mij. Alleen, ik zou het wel voor haar doen. Goed, ik overweeg ook niet om het gymnasium voor haar op te geven, maar het gymnasium kun je niet met de universiteit vergelijken. Kon ze niet wachten tot ik klaar was? Ik zou willen dat de gedachte elders, van me weg, te gaan wonen haar wat treuriger maakte. Maar er is niets wat Rebecka bindt. Ik niet en niemand anders. Ik zal proberen er niet aan te denken.

De rest van de zomer sleept zich voort, log en langzaam. Het wordt een warme zomer. De zon brandt het gras weg. De eenden in het park waggelen rond op iets wat er als een prairie uitziet. Ik verlang naar school.

49

Liegen, zwijgen, een heel leven in het verborgene hebben, waar mama en papa niets van vermoeden. Het gaat niet. Toch is het onmogelijk om uit het zwijgen los te breken, om te beginnen met praten. Hoe zou ik het moeten vertellen? Wat moet ik zeggen? Het is op het moment zelf altijd beter om te zwijgen, om hen iets anders te laten denken. Om al mijn gedachten voor mezelf te houden. Maar ik wil wel dat ze weten wie ik ben. Als ik het al aan iemand vertelde, hoorde ik aan hen te vertellen hoe ik mijn leven leid. Ik heb hun goedkeuring nodig, meer dan die van iemand anders.

50

Wanneer ik op een dag van Rebecka thuiskom, ziet mama's gezicht er zo vreemd uit. Misschien heeft ze gehuild. Ik word bang en durf niet naar haar te kijken. Dan vraagt ze het me op de vrouw af. Ze vraagt wat er tussen Rebecka en mij is. Ik krijg bijna een hartaanval. Het is zo pijnlijk. We hebben thuis nooit over gevoelens gepraat, hoe moet ik het tegen haar zeggen?

"Daar heb jij niets mee te maken!"

"Ik wilde het alleen maar weten," zegt mama. Ze klinkt alsof ze een bevestiging heeft gekregen.

Ik kan er niet tegenin gaan, want er is gewoon iets tussen Rebecka en mij. Ze kan het evengoed weten.

"Ja, het is wat je denkt," zeg ik.

Mama kijkt me aan. Ik verdraag die blik niet, die blik van haar op mij, ik moet me omdraaien omdat ik begin te huilen. Ik ga naar mijn kamer en sluit me op. Die avond word ik gek, lijkt het wel. Ik weet niet wat mama ervan vindt. Vindt ze me afstotelijk? Vindt ze het abnormaal? Heeft ze het gevoel in mijn opvoeding mislukt te zijn? Heeft ze het tegen papa gezegd?

De hele avond blijf ik op mijn kamer. Ik huiver als ik de ochtend daarop naar buiten moet om in de keuken te ontbijten. Maar mama is er niet, ze moet nog in bed liggen, tegen haar gewoonte in. Papa zit aan tafel een knäckebröd te smeren. Hij kijkt op naar me en zegt: "Nu weten we hoe het zit,

Marta. Mama is een beetje treurig. Je begrijpt dat het tijd zal kosten om eraan te wennen."

Ik haat ze allebei. Ik wilde niet dat ze erachter kwamen. Nog niet. Ik voel nog niet eens zelf wat ik ben. En ik wil de teleurstelling op hun gezicht niet zien. Ik zou zo graag willen dat ze blij voor me zijn.

Ik zink neer op mijn stoel en probeer te wennen aan de gedachte met mijn ouders verder te leven.

51

Bij Rebecka moet ik huilen. Ik huil zo veel tegenwoordig, meer dan ooit sinds ik klein was. Dat is goed, vroeger kon ik dat niet. Als je eenzaam bent, kun je niet huilen. Als je eenzaam bent, worden je gedachten zwaar en ze worden omlaag gezogen, als naar een zwarte afgrond van wanhoop. Maar als ik eindelijk bij Rebecka ben, heb ik iemand om bij uit te huilen. Ik verberg mijn gezicht tegen haar borst en ze neemt mijn zorg en woede aan, zonder iets te zeggen.

Ik kan niet eindeloos treurig blijven. Eindelijk moet ik vergeten, tenminste voor even. Vergeten en lachen. Ze kan me van mijn afkeer voor mezelf bevrijden. Ze begrijpt me. Ik dacht niet dat er iemand was die me kon begrijpen. Ik geloof echt dat ze van me houdt.

Maar er is veel wat ons ernstig maakt. Het is ook voor haar niet gemakkelijk. Ik vraag Rebecka: "Wat zeiden je ouders toen je het hen vertelde?"

Ze denkt even na en zegt: "Mam vroeg hoe het voelde, ze stelde een hele hoop vragen. Papa zei dat het geen rol speelde. Maar hij vond het toch een beetje moeilijk, want hij wist niet hoe hij erover moest praten. Hij durfde me niet te veel te vragen, en ik geloof ook niet dat hij er met anderen buiten de familie over praat."

Ik probeer me haar familie voor te stellen. Ik heb ze nog niet ontmoet en dat zal ook niet gebeuren, nog lang niet in elk geval. Ik weet niet goed waarom, maar Rebecka durft toch niet met een vriendin naar huis te komen, ondanks alles. En ze wil tegenover haar ouders niet doen of ik een gewone vriendin ben. Ze praat over haar papa en mama en wijst ze op foto's aan. Maar ik vind het moeilijk een duidelijk beeld van hen te krijgen. Vreemd, dat ik ze nog niet heb ontmoet.

Rebecka komt in mijn familie goed tot haar recht. Ja, nu hoeven we niet langer bang te zijn dat we onszelf verraden. Ik denk dat ze Rebecka leuk vinden, maar dat ze het niet leuk vinden een homoseksuele dochter te hebben. Ik geloof dat ze zich proberen voor te stellen dat we alleen maar goede maatjes zijn.

"Mijn ouders zijn zo bekrompen," zeg ik tegen Rebecka. "Ze kunnen nooit op een andere manier denken dan ze doen. Ze zitten klemvast in hun petieterige wereldbeeldje dat ze hebben opgebouwd in de jaren vijftig toen ze groot werden. Het is net of ik iets lelijks ben waar ze aan moeten wennen. Eigenlijk hopen ze dat het overgaat."

"Maar ze geloven je? Dat het menens is?"

"Ja, wat kunnen ze anders geloven, als ze zien hoe wij twee bezig zijn. Het is duidelijk dat ze er gewoon niet meer naast konden kijken."

Misschien gaat het later beter met mama en papa. In het begin was het de hel in hun buurt te zijn. Maar ik denk dat ze er weer bovenop komen, ze begrijpen het wel als ze er even over hebben kunnen nadenken. Ze zijn ook niet dom. Ik ben misschien niet wat ze van me hadden gehoopt, maar ze zitten niet zo in elkaar dat ze daarom zouden stoppen van hun dochter te houden. Denk ik toch. Maar ik haat het hen verdriet te doen, en deze keer kon ik niet anders. Natuurlijk komt het doordat ze zo belangrijk voor me zijn dat ik zo razend op hen word. Ze doen in elk geval niets om me te stoppen. Ze laten me met rust. Misschien begrijpen ze dat ik niet langer een klein kind ben. Fijn dat ze dat snappen. De zaak is afgedaan. Ik hoefde mijn moed niet bij elkaar te schrapen en het te vertellen.

52

Midden in haar gezicht staan haar ogen te schreien. Soms lijkt het, wanneer ik in haar ogen kijk, alsof ik stiekem in haar dagboek gluur, als ze er al een had.

Ik besef dat ik naar haar opkijk, als naar alle mensen waar ik om geef. Ik kan haar zien als fantastisch en onbereikbaar, alsof ik diep beneden, aan haar voeten, stond en naar haar opkeek daar ver in de hoogte. Onze relatie zou niet werken als ik enkel naar haar opkeek, daar is meer gelijkheid voor nodig. Wanneer ik bij haar ogen kom, kan ik haar zien zoals ze is, angstig en klein. Zoals ze er niet vanbuiten uitziet. Eerst vond ik Rebecka bescheiden en prettig. Daarna zelfverzekerd en onbevreesd, onverstoorbaar. Met verbazing, want eerst leek ze me zo'n stille. Ik vond zelfverzekerd vroeger altijd rijmen op brutaal en grote bek. Maar zij is het zonder een bek op te zetten. Een onopvallende, onverzettelijke leider. En daarna. Haar ogen, twee kogelgaten recht naar haar ziel. Dat doet me van haar houden. Als ze naar me kijkt met haar kwetsbare blik, als ze zich kleintjes, met een angstig vertrouwen in mijn handen legt, dan weet ik dat ze niet zo verdomde zeker is. Als ze haar uitbarstingen krijgt, scheelt het niet veel of ik denk ook dat ze een razende tijger is, maar op zulke momenten is ze juist het meest onzeker. Ik laat me door haar leiden en verzorgen. Ik denk dat ze zich er beter door voelt.

53

Af en toe zien we Danne en hij is zo aangenaam. Hij en ik zijn gestopt elkaar onder vier ogen te ontmoeten toen ik met Rebecka begon. Ik doe zo al niet zoveel op mezelf. Danne is als een gemeenschappelijke vriend, hij laat nooit blijken dat hij een afspraak met mij alleen zou willen. Ik weet niet hoe hij het bekijkt, het lijkt alsof hij mij niet als een intiemere vriendin beschouwt dan Rebecka. Toch is het leuk om zo met Danne af te spreken. Ik heb het aangedurfd om te vragen of hij bij Rebecka iets wilde komen drinken, dat lijkt niet meer zo moeilijk nu we samen zijn. En het moet natuurlijk bij Rebecka, want zij heeft een eigen flat. Danne neemt gewoonlijk een spelletje of een videofilm mee als hij komt. Hij vertelt altijd verhalen, alles wat hij meemaakt wordt een verhaal waard om te vertellen.

We praten niet zoals tevoren, maar toch is het aangenaam. We doen meer samen. Ik vind het leuk met Danne, want hij gaat niet naar school, kent niemand die ik ook ken; met hem praat je over andere dingen dan je met je gewone vrienden doet. Wat dat betreft, Rebecka gaat ook niet naar dezelfde school als ik en ze kent mijn vrienden ook niet. Maar haar probeer ik toch uit te leggen hoe alles in mijn gewone leven loopt.

Mijn gewone leven, zeg ik - en het voelt vreemd aan er geen contact mee te hebben. Ik heb de laatste weken op school eigenlijk niet goed gebruikt, ik verlangde alleen maar tot ze afgelopen zouden zijn, maar nu verlang ik ernaar terug.

54

Op een dag komt het bericht dat Rebecka op de universiteit is aangenomen. Ik heb bij haar geslapen en wanneer de post door de brievenbus komt vallen, word ik wakker van de bons. Ik sta op om de post te halen en neem die mee terug naar bed. Ze strijkt haar haar uit haar gezicht, legt haar lokken achter haar oren en maakt zonder een spier te vertrekken de brief van de Hogeschooldienst open. Ik zie hoe blij ze wordt, maar ze houdt zich in. Daarna kijkt ze me verontschuldigend aan.

"Ik kan de lerarenopleiding in Uppsala beginnen."

"Fijn voor je!"

Het was wat ze het liefste had gehad. Ik omhels haar en ben blij voor haar, maar voor mezelf ben ik verdrietig.

"Hoe moet het nu verder, nu je niet langer bij me blijft?"

"Het wordt goed, Marta. We kunnen elkaar tijdens het weekend zien."

"Ja. Kom ik dan naar jou toe, of bezoeken we elkaar om beurten?"

"We moeten samen voor het reisgeld zorgen. Misschien is het het beste als jij naar mij toekomt. Het wordt best gezellig! Er zijn er zoveel die pendelen in het weekend. Lukt best, zul je wel zien."

Rebecka begint meteen rond te bellen voor een nieuwe studentenflat in Uppsala, en dat lijkt in orde te komen. Ik word gedwongen te wennen aan de gedachte dat Rebecka inderdaad gaat verhuizen. Deze flat waarin we zoveel tijd door hebben gebracht zal ze niet kunnen houden, en ik zal hier nooit meer naar binnen mogen. Ik weet dat ik dramatiseer, maar dat wil ik net, ik wil mijn verdriet behoorlijk kunnen uiten.

Er rest nog ongeveer een maand voor Rebecka's verhuizing. Ze pakt terwijl ik toekijk. Ze neemt een grote stapel kartonnen dozen uit haar voorraad en pakt alles in wat vertrouwd was om me heen. De flat wordt koud en lelijk.

"Ben je niet verdrietig?" vraag ik.

"Jawel, ben ik zeker," zegt Rebecka. "Ik ben er verdrietig om."

Ik zie dat ze het meent, maar ik weet dat ze ook blij is. En zo is het maar beter ook. Wat wil ik eigenlijk?

Een paar dagen later snap ik hoe moeilijk ze het vindt. Ze vindt geen rust en ik kan niet in haar buurt komen, ze rent rond en doet duizend dingen om de zwaarmoedigheid van zich af te houden. Ik probeer er haar toe te bewegen om te gaan zitten, te kalmeren, probeer haar erover aan de praat te krijgen, maar het lukt niet. Het maakt het alleen maar erger. Het zorgt ervoor dat kletterende ruzies als onweer in de lucht boven ons hoofd gaan hangen. Ik word razend op haar, al kan ik niet zeggen waarom. Ze vat het op als een bewijs dat onze relatie niet zal blijven duren. Ik word onrustig, stel dat ze gelijk krijgt. Ik ben bang dat haar verhuizing ook een breuk tussen ons beiden betekent. Ik maak me zo ongerust over de toekomst. Ik ga dood als ze van me weggaat. Echt, ik weet niet hoe ik nu zonder haar zou moeten leven.

We leven zo intiem bij elkaar. Misschien heeft ze er nu

behoefte aan om van me weg te zijn, om tijd te krijgen om haar nieuwe woning in te richten en aan haar nieuwe opleiding te beginnen. Misschien is het goed dat ik er niet zal zijn. Misschien moeten we even andere lucht inademen. Maar we zullen elkaar missen, en ook dat hebben we nodig. Ik ben bang dat ik teveel van haar af ben gaan hangen. Zij is mijn droom. Ik klamp me zo hard aan haar vast. Misschien valt ze uit elkaar als ik zo door blijf gaan. Ik en zij, misschien valt de droom uit elkaar. Het hoeft niet, maar het kan verkeerd gaan. Ik moet zonder haar kunnen leven. Ik mag niet zo passief zijn, zonder belangstelling voor al de rest die ik ben geworden. Wanneer ze nu weg zal zijn, word ik misschien gedwongen om te werken aan mijn manier om met de wereld en met haar om te gaan.

55

Eindelijk begint de school. Het is vreselijk erheen te gaan, maar op een dag is het gewoon tijd . Ik trek een spijkerbroek en een T-shirt aan en fiets er onder de vriendelijke zomerzon heen. Weldra zal die steeds eerder ondergaan en een steeds zwakker wordende warmte naar de aarde sturen. Ik ben bang als ik de schoolpoort binnenga. Waar ben ik bang voor? Misschien omdat ik niet weet bij wie ik me nu moet aansluiten. Ik ben bang dat ze me zullen doorzien en ontmaskeren. Wat zullen ze dan van me vinden?

Daar staan ze, allemaal bij elkaar, bij hun kluisjes te praten. Helene krijgt me in het oog en haar glimlach doet haar hele gezicht stralen. Ze lijkt blij me te zien! Rita staat er ook bij. Ze zegt bedeesd hallo. Ze is niet zoals vroeger. Ik weet niet wat het is, maar ze kijkt zo onderzoekend.

Vandaag trek ik met Helene op. 'De nieuwe' staat bij de anderen. Als we voor de eerste les de klas binnenlopen, gaat Helene heel onverwacht weer, net als vroeger, naast me zitten. Ik kan het niet geloven. Ik zou het niet mogen vragen, maar ik doe het toch: "Hebben jullie ruzie of zo?"

"Het werd alleen een beetje teveel deze zomer. Ik ben haar zo moe."

"Aha."

Het doet me pijn het te horen, ik meen het. Helene en 'de nieuwe' hebben elkaar zo vaak gezien dat ze elkaar beu zijn, maar mij heeft ze niet opgebeld. Ik probeer niets te laten merken. Toch voel ik me dankbaar, nu hoef ik niet alleen te zitten. En ik kan vaker bij Helene zijn. Fijn, want ik vind haar leuk.

"Hoe gaat het tussen jou en Hans? Zijn jullie nog samen?"

"Het is op en neer gegaan. Hij is een beetje gaga, maar ik kan hem evengoed houden tot ik een betere vind."

"Hmm, dat klinkt positief."

"En jij en Rebecka?" vraagt Helene.

"Gaat goed."

Ik weet niet wat ik nog meer moet vertellen. Het is gênant om over Rebecka te praten. Want dat is niet hetzelfde als praten over een vriendje dat ergens ver weg in je hoofd zit. Rebecka is tenslotte mijn beste vriendin. Ik kan niets negatiefs over haar zeggen, en het positieve wordt alleen maar belachelijk als je het vertelt. Het lijkt Helene niet zo geweldig te interesseren, ze begint ergens anders over. En dan komt de leraar. Het is alsof ik een oude, dierbare vriend terugzie, behalve dat hij niet weet dat hij een oude, dierbare vriend is.

Ik voel me heimelijk met Helene verbonden. Zij weet wat niemand anders weet. Tijdens de lunchpauze zitten we vaak met enkelen van de klas samen lang te praten. Soms noemt Helene Rebecka's naam waar de anderen bij zijn. Ik merk dat ze zich afvragen wie Rebecka is, over wie ze nooit eerder gehoord hebben en wiens naam nu zo vaak valt. En een uitleg krijgen ze ook niet. Het wordt een beetje pijnlijk, maar daar schijnt Helene niet op te letten.

Op een dag zegt Jenny: "Wie is Rebecka?"

"Een vriendin van me," zeg ik gauw.

Wat moest ik zeggen? Iedereen zat te luisteren. Ik ben blij dat niemand iets vermoedt. Stel je voor dat ze het wisten! Een aantal zou het worst wezen, maar een paar zouden het maar vreemd, onnatuurlijk, verkeerd... en vies vinden. Zo iemand wil ik in hun ogen niet zijn. Ik ben bang dat ze niet meer met me zullen willen praten, dat ze me vreemd zullen aankijken, dat ze over mij zullen gaan roddelen.

Toch is het jammer dat ze niet mogen weten hoe het echt zit, dat ik ook iemand heb. Jammer dat ik tegen hen lieg. Ik ben een leugenaar, ik leid ze om de tuin. Ik geef me uit voor een ander dan ik ben. Maar ik kan niet zeggen dat ik homoseksueel ben. Niet dat het eigenlijk zoveel uit zou maken als ze het wisten. Ik wil juist dat iedereen het weet. Maar hoe zeg je zoiets? Hoe verwoord je zoiets zonder dat het onnatuurlijk klinkt? Ik kan niet zomaar 'mijn vriendin' zeggen, zomaar uit het niets. Ik zou graag iets willen zeggen, en ik zou Jenny graag de waarheid vertellen als ik met haar alleen was, maar niet als er zo velen om ons heen zitten die het kunnen horen. Ik zou maar piekeren of ze het nu wel of niet gehoord hadden, denken dat ze het misschien wisten zonder het me vlak in mijn gezicht te zeggen, maar er achter mijn rug met anderen over fluisterden.

56

Op een dag vraag ik Helene of ze denkt dat Rita het door heeft.

Helene zegt: "Ja, nou, nee, of ik weet het niet, misschien..."

Daarop zwijgt ze. En ik word stil. Ik denk na. Ik weet niet wat ik moet zeggen. Maar Helene zegt: "Zou je het Rita niet vertellen? Misschien is dat nodig, als jullie vrienden willen blijven."

"Denk je?"

"Ik denk dat ze het weet. Ze is gewoon teleurgesteld dat je haar niets vertelt."

"Maar wat moet ik zeggen?"

"Vertel over jou en Rebecka. Niets meer."

"Nee, dat is wel duidelijk."

Ik moet erover denken. Natuurlijk heb ik mijn hoofd al kapot gedacht. Ik denk de hele tijd aan Rebecka en dat ik homoseksueel ben en dat de anderen dat niet weten. En vooral dat Rita het niet weet. Ik denk over wat er met ons gebeurd is. Waarom zijn we uit elkaar gegroeid? Hoe kon ik dat laten gebeuren?

Eindelijk bel ik Rita. Ze is opgetogen en we spreken af.

's Zaterdags om vijf voor vier sta ik te stampen voor het café dat we gekozen hebben. Het duurt tot tien over voor ze komt. Ik weet niet zeker of ze het wel goed met me voor heeft. Ik interpreteer alles als een teken, een signaal. Maar ze komt blij glimlachend op me af. Misschien heeft ze me gemist.

We gaan zitten. Ik stuntel met mijn koffiekop, mors. Nu ben ik dus zenuwachtig als ik bij Rita ben. Wat is er met me gebeurd?

Ik vraag haar wat ze afgelopen zomer gedaan heeft. Ze praat lang en uitgebreid over haar reis naar het buitenland, terwijl ik mm.... zeg en luister en de kriebels in mijn lijf heb. Moet ik het zeggen?

"En wat heb jij gedaan, Marta?" vraagt Rita. Ze ziet er oprecht geïnteresseerd uit.

"Niet zoveel. Thuis gezeten. Ik zat nog het vaakst bij Rebecka," zeg ik.

"Aha? Het was zij..."

Rita lijkt zich te proberen te herinneren wie Rebecka is, en ik weet dat ik het nu uit moet leggen.

"Je hebt haar al gezien. Weet je nog, dat meisje dat op Walpurgisnacht dag kwam zeggen. Herinner je je?"

"Ja, dat weet ik nog. Ah zo, zijn jullie zulke goeie vriendinnen?"

Ik hap naar adem. Mijn mond wordt droog als kurk. Ik durf niet. Hoe moet ik dit zeggen zonder dat het dom klinkt?

"Nee, we zijn geen vriendinnen..."

Ik zwijg, durf het tegenover Rita niet helemaal uit te spreken.

"Wat zijn jullie dan... zijn jullie...?"

Ik kijk haar aan, zie dat ze het bijna begrijpt.

"We zijn samen. Ik weet niet of ik homoseksueel ben. Maar dat moet wel. Al voel ik me niet zo. Maar zo is het."

Ze lacht en kijkt me, wanneer ik haar blik durf te beantwoorden, nauwlettend aan. Ik vraag me af wat ze denkt, wat ze ervan vindt. Ik ben zo ongerust.

"Is dat waar, Marta? Is het echt waar zo?"

"Ja."

"Ah zo. Ja, zoiets had ik misschien al gedacht."

"Ja? Hoezo?"

"Het is gewoon iets wat je voelt."

"Ik voel me zo stom dat ik niet eerder iets heb gezegd. Maar ik wist niet wat ik zeggen moest, en wat je ervan zou vinden."

"Maar je weet toch dat ik je graag mag. Dit maakt geen verschil, dat spreekt vanzelf."

Ze meent het, zo ziet ze er in elk geval uit, en ik voel me opgelucht en blij. Eindelijk ben ik af van dat zware gewicht dat ik al zo lang met me meezeul. Ik wil Rita omhelzen, maar ik durf niet. Onzeker kijk ik haar aan. Ik ben blij dat ze er is. Ik zou graag hebben dat we elkaar blijven zien en met elkaar praten net als vroeger. Ik wil haar als vriendin, want ik denk dat ik nooit zo'n goeie vriendin heb gehad als zij. Het is nergens voor nodig om dat verloren te laten gaan. Maar eigenlijk weet ik niet wat de toekomst brengt.

Als we het café uit lopen en de stad doorwandelen lijkt het bijna net als vroeger, het lijkt volkomen vanzelf te spreken dat we samen optrekken. Maar eigenlijk weet ik dat zo'n gevoel voorbarig is. Ik moet afwachten. We zeggen dag en ik hoop dat zij het is die de volgende keer belt.

57

Dromen. Die zijn op hun best zolang ze nog dromen zijn. Als ze verwezenlijkt worden, worden ze altijd wel iets saaier, iets ingewikkelder, iets anders dan je je had voorgesteld. Rebecka heeft tenslotte een eigen wil, eigen ervaringen. Het is geen uitgemaakte zaak hoe we ons ten opzichte van elkaar moeten verhouden. Hoeveel zij zich aan mij moet aanpassen, hoeveel ik aan haar.

Ze is nu verhuisd. Ik heb haar flat nog niet gezien. Dit weekend ga ik ernaartoe. Ik overbrug met de trein de vijfentwintig, dertig mijl. Ik heb twee weken lang gewacht om haar twee dagen lang te zien. Daarna moet ik weer twee weken wachten. En zo zal dat blijven, waarschijnlijk tot ik het gymnasium af heb.

Zal alles over twee jaar zijn zoals nu?

Ik word weer de eenzaamheid in gedwongen. Toen ik Rebecka leerde kennen dacht ik dat ik nooit meer voor mezelf zou hoeven in te staan. Ik wist wel dat het niet zo was, maar zo voelde het. Een ongelofelijk gevoel van opluchting. Ik ben in mijn leven zo vaak alleen geweest, heb meestal 's avonds op mijn kamer gezeten en nooit met vrienden afgesproken. En ik heb mezelf die hele tijd door wijsgemaakt dat ik dat leuk vond. Maar nu word ik waanzinnig van de eenzaamheid. Misschien weet ik nu dat eenzaamheid niet iets voor mij is.

Maar ik heb de school, daar ligt mijn gewone leven, net als

vroeger. Ik heb Helene, die ondanks alles mijn vriendin is. En ik heb hopelijk Rita. Ik denk dat we elkaar verder kunnen zien en met elkaar praten zoals ik alleen maar met haar praten kan. Dit is mijn leven, waarin ik in de werkelijkheid moet leven en waar dromen niet langer genoeg zijn. Dromen is niet leven.

Het gaat er niet alleen om dat Rebecka er niet is, ook op een andere manier ben ik eenzaam. Ik voel me de enige in de wereld die een vriendin heeft, de enige die weet hoe mijn leven eruitziet. Het zal me niet lukken dat geheim te houden, ik denk niet dat ik in de ogen van anderen zo onzichtbaar kan blijven. Het is iets wat ik aan zal moeten pakken. Ooit moet ik even open en vanzelfsprekend durven leven als alle anderen.

Ik word naar de werkelijkheid teruggedwongen. Ik kan me niet langer in mijn dromen laten verzinken. Ik kan een heerlijke wereld bij elkaar fantaseren, maar de werkelijkheid is beter. Als ik meega met de werkelijkheid is alles altijd heel anders, onvoorspelbaar. En mijn gevoelens zijn ook zoveel sterker. Redelijker.

Zoals Rebecka, die in mijn fantasie geen plaats krijgt. Ze is nooit zoals ik droom. Ik kan haar geen plaats geven in mijn droom. Mijn enige mogelijkheid is de werkelijkheid.